HAMBURGER LESEHEFTE
PLUS

TEXT UND MATERIALIEN

GOTTFRIED KELLER

KLEIDER MACHEN LEUTE

HAMBURGER LESEHEFTE PLUS
TEXT UND MATERIALIEN
518. HEFT

Zur Textgestaltung

Den Text unserer Ausgabe haben wir hergestellt nach dem der kritischen Ausgabe der *Sämtlichen Werke* Gottfried Kellers von Jonas Fränkel. Die *Leute von Seldwyla* sind enthalten im 7. und 8. Band, die 1926/27 in einer zweiten, neu bearbeiteten Auflage im Eugen Rentsch Verlag erschienen sind. Rechtschreibung und Zeichensetzung wurden den amtlichen Rechtschreibregeln behutsam angepasst.

5. Auflage 2026

Alle Drucke dieser Ausgabe und die der Hamburger Lesehefte sind untereinander unverändert und können im Unterricht nebeneinander genutzt werden.

Heftbearbeitung Text: F. Bruckner und K. Sternelle
Heftbearbeitung Materialien: Carina Orf
Umschlaggestaltung und Layout: Petra Michel
Umschlagzeichnung: Ingeborg Strange-Friis
Herstellung gem. GPSR: Husum Druck- und Verlagsgesellschaft mbH & Co. KG,
Nordbahnhofstraße 2, 25813 Husum

ISBN 978-3-87291-517-7
PDF: 978-3-87291-704-1, EPUB: 978-3-87291-654-9

kontakt@hamburger-lesehefte.de – www.hamburger-lesehefte.de

INHALT

TEXT

← Die Pfeile verweisen auf Anmerkungen im Anhang.
Kurze Worterläuterungen stehen direkt neben dem Text.

An einem unfreundlichen Novembertage wanderte ein armes Schneiderlein auf der Landstraße nach Goldach, einer kleinen reichen Stadt, die nur wenige Stunden von Seldwyla entfernt ist. Der Schneider trug in seiner Tasche nichts als einen Fingerhut, welchen er, in Ermangelung irgendeiner Münze, unablässig zwischen den Fingern drehte, wenn er der Kälte wegen die Hände in die Hosen steckte, und die Finger schmerzten ihn ordentlich von diesem Drehen und Reiben. Denn er hatte wegen des Falliments irgendeines Seldwyler Schneidermeisters seinen Arbeitslohn mit der Arbeit zugleich verlieren und auswandern müssen. Er hatte noch nichts gefrühstückt als einige Schneeflocken, die ihm in den Mund geflogen, und er sah noch weniger ab, wo das geringste Mittagbrot herwachsen sollte. Das Fechten fiel ihm äußerst schwer, ja, schien ihm gänzlich unmöglich, weil er über seinem schwarzen Sonntagskleide, welches sein einziges war, einen weiten dunkelgrauen Radmantel trug, mit schwarzem Samt ausgeschlagen, der seinem Träger ein edles und romantisches Aussehen verlieh, zumal dessen lange schwarze Haare und Schnurrbärtchen sorgfältig gepflegt waren und er sich blasser, aber regelmäßiger Gesichtszüge erfreute.

Solcher Habitus war ihm zum Bedürfnis geworden, ohne dass er etwas Schlimmes oder Betrügerisches dabei im Schilde führte; vielmehr war er zufrieden, wenn man ihn nur gewähren und im Stillen seine Arbeit verrichten ließ; aber lieber wäre er verhungert, als dass er sich von seinem Radmantel und von seiner polnischen Pelzmütze getrennt hätte, die er ebenfalls mit großem Anstand zu tragen wusste.

Er konnte deshalb nur in größeren Städten arbeiten, wo solches nicht zu sehr auffiel; wenn er wanderte und keine Ersparnisse mitführte, geriet er in die größte Not. Näherte er sich einem Hause, so betrachteten ihn die Leute mit Verwunderung und Neugierde und erwarteten eher alles andere, als dass er betteln würde; so erstarben ihm, da er überdies nicht beredt war, die Worte im Munde, also dass er der Märtyrer seines Mantels war und Hunger litt, so schwarz wie des letztern Sammetfutter.

Als er bekümmert und geschwächt eine Anhöhe hinaufging, stieß er auf einen neuen und bequemen Reisewagen, welchen ein herrschaftlicher Kutscher in Basel abgeholt hatte und seinem Herren überbrachte, einem fremden Grafen, der irgendwo in der Ostschweiz auf einem gemieteten oder angekauften alten Schlosse saß. Der Wagen war mit allerlei Vorrichtungen zur Aufnahme des Gepäckes versehen und schien deswegen schwer bepackt zu sein, obgleich alles leer war. Der Kutscher ging wegen des steilen

Weges neben den Pferden, und als er, oben angekommen, den Bock wieder bestieg, fragte er den Schneider, ob er sich nicht in den leeren Wagen setzen wolle. Denn es fing eben an zu regnen, und er hatte mit einem Blick gesehen, dass der Fußgänger sich matt und kümmerlich durch die Welt schlug.

Derselbe nahm das Anerbieten dankbar und bescheiden an, worauf der Wagen rasch mit ihm von dannen rollte und in einer kleinen Stunde stattlich und donnernd durch den Torbogen von Goldach fuhr. Vor dem ersten Gasthofe, zur Waage genannt, hielt das vornehme Fuhrwerk plötzlich, und alsogleich zog der Hausknecht so heftig an der Glocke, dass der Draht beinahe entzweiging. Da stürzten Wirt und Leute herunter und rissen den Schlag auf; Kinder und Nachbarn umringten schon den prächtigen Wagen, neugierig, welch ein Kern sich aus so unerhörter Schale enthülsen werde, und als der verdutzte Schneider endlich hervorsprang in seinem Mantel, blass und schön und schwermütig zur Erde blickend, schien er ihnen wenigstens ein geheimnisvoller Prinz oder Grafensohn zu sein. Der Raum zwischen dem Reisewagen und der Pforte des Gasthauses war schmal und im Übrigen der Weg durch die Zuschauer ziemlich gesperrt. Mochte es nun der Mangel an Geistesgegenwart oder an Mut sein, den Haufen zu durchbrechen und einfach seines Weges zu gehen, – er tat dieses nicht, sondern ließ sich willenlos in das Haus und die Treppe hinangeleiten und bemerkte seine neue seltsame Lage erst recht, als er sich in einen wohnlichen Speisesaal versetzt sah und ihm sein ehrwürdiger Mantel dienstfertig abgenommen wurde.

„Der Herr wünscht zu speisen?“, hieß es, „gleich wird serviert werden, es ist eben gekocht!“

Ohne eine Antwort abzuwarten, lief der Waagwirt in die Küche und rief: „Ins drei Teufels Namen! Nun haben wir nichts als Rindfleisch und die Hammelkeule! Die Rebhuhnpastete darf ich nicht anschneiden, da sie für die Abendherren bestimmt und versprochen ist. So geht es! Den einzigen Tag, wo wir keinen Gast erwarten und nichts da ist, muss ein solcher Herr kommen! Und der Kutscher hat ein Wappen auf den Knöpfen und der Wagen ist wie der eines Herzogs! Und der junge Mann mag kaum den Mund öffnen vor Vornehmheit!“

Doch die ruhige Köchin sagte: „Nun, was ist denn da zu lamentieren, Herr? Die Pastete tragen Sie nur kühn auf, die wird er doch nicht aufessen! Die Abendherren bekommen sie dann portionenweise, sechs Portionen wollen wir schon noch herauskriegen!“

„Sechs Portionen? Ihr vergesst wohl, dass die Herren sich satt zu essen gewohnt sind!“, meinte der Wirt; allein die Köchin fuhr unerschüttert fort: „Das sollen sie auch! Man lässt noch schnell ein halbes Dutzend Kotelettes holen, die brauchen wir sowieso für den Fremden, und was er übrig lässt, schneide ich in kleine Stückchen und menge sie unter die Pastete, da lassen Sie nur mich machen!“

Doch der wackere Wirt sagte ernsthaft: „Köchin, ich habe Euch schon einmal gesagt, dass dergleichen in dieser Stadt und in diesem Hause nicht angeht! Wir leben hier solid und ehrenfest und vermögen es!“

„Ei der Tausend, ja, ja!“, rief die Köchin endlich etwas aufgeregt, „wenn man sich denn nicht zu helfen weiß, so opfere man die Sache! Hier sind zwei Schnepfen, die ich den Augenblick vom Jäger gekauft habe, die kann man am Ende der Pastete zusetzen! Eine mit Schnepfen gefälschte Rebhuhnpastete werden die Leckermäuler nicht beanstanden! Sodann sind auch die Forellen da, die größte habe ich in das siedende Wasser geworfen, wie der merkwürdige Wagen kam, und da kocht auch schon die Brühe im Pfännchen; so haben wir also einen Fisch, das Rindfleisch, das Gemüse mit den Kotelettes, den Hammelbraten und die Pastete; geben Sie nur den Schlüssel, dass man das Eingemachte und den Dessert herausnehmen kann! Und den Schlüssel könnten Sie, Herr! mir mit Ehren und Zutrauen übergeben, damit man Ihnen nicht allerorten nachspringen muss und oft in die größte Verlegenheit gerät!“ →

„Liebe Köchin! Das braucht Ihr nicht übel zu nehmen, ich habe meiner seligen Frau am Todbette versprechen müssen, die Schlüssel immer in Händen zu behalten; sonach geschieht es grundsätzlich und nicht aus Misstrauen. Hier sind die Gurken und hier die Kirschen, hier die Birnen und hier die Aprikosen; aber das alte Konfekt darf man nicht mehr aufstellen; geschwind soll die Lise zum Zuckerbeck laufen und frisches Backwerk holen, drei Teller, und wenn er eine gute Torte hat, soll er sie auch gleich mitgeben!“

Konfekt *(lat.)* Zuckergebäck. Schon im 14. Jhdt →

„Aber Herr! Sie können ja dem einzigen Gaste das nicht alles aufrechnen, das schlägt’s beim besten Willen nicht heraus!“

„Tut nichts, es ist um die Ehre! Das bringt mich nicht um; dafür soll ein großer Herr, wenn er durch unsere Stadt reist, sagen können, er habe ein ordentliches Essen gefunden, obgleich er ganz unerwartet und im Winter gekommen sei! Es soll nicht heißen wie von den Wirten zu Seldwyl, die alles Gute selber fressen und den Fremden die Knochen vorsetzen! Also frisch, munter, sputet Euch allerseits!“

Während dieser umständlichen Zubereitungen befand sich der Schneider in der peinlichsten Angst, da der Tisch mit glänzendem Zeuge gedeckt wurde, und so heiß sich der ausgehungerte Mann vor Kurzem noch nach einiger Nahrung gesehnt hatte, so ängstlich wünschte er jetzt, der drohenden Mahlzeit zu entfliehen. Endlich fasste er sich einen Mut, nahm seinen Mantel um, setzte die Mütze auf und begab sich hinaus, um den Ausweg zu gewinnen. Da er aber in seiner Verwirrung und in dem weitläufigen Hause die Treppe nicht gleich fand, so glaubte der Kellner, den der Teufel beständig umhertrieb, jener suche eine gewisse Bequemlichkeit, rief: „Erlauben Sie gefälligst, mein Herr, ich werde Ihnen den Weg weisen!“, und führte ihn durch einen langen Gang, der nirgend anders endigte als vor einer schön lackierten Türe, auf welcher eine zierliche Inschrift angebracht war.

Also ging der Mantelträger ohne Widerspruch, sanft wie ein Lämmlein, dort hinein und schloss ordentlich hinter sich zu. Dort lehnte er sich bitterlich seufzend an die Wand und wünschte der goldenen Freiheit der Landstraße wieder teilhaftig zu sein, welche ihm jetzt, so schlecht das Wetter war, als das höchste Glück erschien.

Doch verwickelte er sich jetzt in die erste selbsttätige Lüge, weil er in dem verschlossenen Raume ein wenig verweilte, und er betrat hiemit den abschüssigen Weg des Bösen.

Unterdessen schrie der Wirt, der ihn gesehen hatte im Mantel dahin gehen: „Der Herr friert! Heizet mehr ein im Saal! Wo ist die Lise, wo ist die Anne? Rasch einen Korb Holz in den Ofen und einige Hände voll Späne, dass es brennt! Zum Teufel, sollen die Leute in der Waage im Mantel zu Tisch sitzen?“

Und als der Schneider wieder aus dem langen Gange hervorgewandelt kam, melancholisch wie der umgehende Ahnherr eines Stammschlosses, begleitete er ihn mit Hundert Komplimenten und Handreibungen wiederum in den verwünschten Saal hinein. Dort wurde er ohne ferneres Verweilen an den Tisch gebeten, der Stuhl zurechtgerückt, und da der Duft der kräftigen Suppe, dergleichen er lange nicht gerochen, ihn vollends seines Willens beraubte, so ließ er sich in Gottes Namen nieder und tauchte sofort den schweren Löffel in die braungoldene Brühe. In tiefem Schweigen erfrischte er seine matten Lebensgeister und wurde mit achtungsvoller Stille und Ruhe bedient.

Als er den Teller geleert hatte und der Wirt sah, dass es ihm so wohl schmeckte, munterte er ihn höflich auf, noch einen Löffel voll zu nehmen, das sei gut bei dem rauen Wetter.

Nun wurde die Forelle aufgetragen, mit Grünem bekränzt, und

der Wirt legte ein schönes Stück vor. Doch der Schneider, von Sorgen gequält, wagte in seiner Blödigkeit nicht, das blanke Messer zu gebrauchen, sondern hantierte schüchtern und zimperlich mit der silbernen Gabel daran herum. Das bemerkte die Köchin, welche zur Tür hereinguckte, den großen Herrn zu sehen, und sie sagte zu den Umstehenden: „Gelobt sei Jesus Christ! Der weiß noch einen feinen Fisch zu essen, wie es sich gehört, der sägt nicht mit dem Messer in dem zarten Wesen herum, wie wenn er ein Kalb schlachten wollte. Das ist ein Herr von großem Hause, darauf wollt ich schwören, wenn es nicht verboten wäre! Und wie schön und traurig er ist! Gewiss ist er in ein armes Fräulein verliebt, das man ihm nicht lassen will! Ja, ja, die vornehmen Leute haben auch ihre Leiden!"

Inzwischen sah der Wirt, dass der Gast nicht trank, und sagte ehrerbietig: „Der Herr mögen den Tischwein nicht; befehlen Sie vielleicht ein Glas guten Bordeaux, den ich bestens empfehlen kann?"

Da beging der Schneider den zweiten selbsttätigen Fehler, indem er aus Gehorsam Ja statt Nein sagte, und alsobald verfügte sich der Waagwirt persönlich in den Keller, um eine ausgesuchte Flasche zu holen; denn es lag ihm alles daran, dass man sagen könne, es sei etwas Rechtes im Ort zu haben. Als der Gast von dem eingeschenkten Weine wiederum aus bösem Gewissen ganz kleine Schlücklein nahm, lief der Wirt voll Freuden in die Küche, schnalzte mit der Zunge und rief: „Hol mich der Teufel, der versteht's, der schlürft meinen guten Wein auf die Zunge, wie man einen Dukaten auf die Goldwaage legt!"

„Gelobt sei Jesus Christ!", sagte die Köchin, „ich hab's ja behauptet, dass er's versteht!"

So nahm die Mahlzeit denn ihren Verlauf, und zwar sehr langsam, weil der arme Schneider immer zimperlich und unentschlossen aß und trank und der Wirt, um ihm Zeit zu lassen, die Speisen genugsam stehen ließ. Trotzdem war es nicht der Rede wert, was der Gast bis jetzt zu sich genommen; vielmehr begann der Hunger, der immerfort so gefährlich gereizt wurde, nun den Schrecken zu überwinden, und als die Pastete von Rebhühnern erschien, schlug die Stimmung des Schneiders gleichzeitig um, und ein fester Gedanke begann sich in ihm zu bilden. „Es ist jetzt einmal, wie es ist!", sagte er sich, von einem neuen Tröpflein Weines erwärmt und aufgestachelt; „nun wäre ich ein Tor, wenn ich die kommende Schande und Verfolgung ertragen wollte, ohne mich dafür satt gegessen zu haben! Also vorgesehen, weil es noch Zeit ist! Das Türmchen, was sie da aufgestellt haben, dürfte leichtlich die letzte Speise sein, daran will ich mich halten, komme was da wolle! Was ich einmal im Leibe habe, kann mir kein König wieder rauben!“

Gesagt, getan; mit dem Mute der Verzweiflung hieb er in die leckere Pastete, ohne an ein Aufhören zu denken, sodass sie in weniger als fünf Minuten zur Hälfte geschwunden war und die Sache für die Abendherren sehr bedenklich zu werden begann. Fleisch, Trüffeln, Klößchen, Boden, Deckel, alles schlang er ohne Ansehen der Person hinunter, nur besorgt, sein Ränzchen voll zu packen, ehe das Verhängnis hereinbräche; dazu trank er den Wein in tüchtigen Zügen und steckte große Brotbissen in den Mund; kurz, es war eine so hastig belebte Einfuhr, wie wenn bei aufsteigendem Gewitter das Heu von der nahen Wiese gleich auf der Gabel in die Scheune geflüchtet wird. Abermals lief der Wirt in die Küche und rief: „Köchin! Er isst die Pastete auf, während er den Braten kaum berührt hat! Und den Bordeaux trinkt er in halben Gläsern!“

„Wohl bekomm es ihm“, sagte die Köchin, „lassen Sie ihn nur machen, der weiß, was Rebhühner sind! Wär er ein gemeiner Kerl, so hätte er sich an den Braten gehalten!“

gemein wird hier im Sinne von gewöhnlich verwendet

„Ich sag’s auch“, meinte der Wirt; „es sieht sich zwar nicht ganz elegant an, aber so hab ich, als ich zu meiner Ausbildung reiste, nur Generäle und Kapitelsherren essen sehen!“

← Unterdessen hatte der Kutscher die Pferde füttern lassen und selbst ein handfestes Essen eingenommen in der Stube für das untere Volk, und da er Eile hatte, ließ er bald wieder anspannen. Die Angehörigen des Gasthofes zur Waage konnten sich nun nicht länger enthalten und fragten, eh es zu spät wurde, den herrschaftlichen Kutscher geradezu, wer sein Herr da oben sei und wie er heiße? Der Kutscher, ein schalkhafter und durchtriebener Kerl, versetzte: „Hat er es noch nicht selbst gesagt?“

„Nein“, hieß es, und er erwiderte: „Das glaub ich wohl, der spricht nicht viel in einem Tage; nun, es ist der Graf Strapinski! Er wird aber heut und vielleicht einige Tage hier bleiben, denn er hat mir befohlen, mit dem Wagen vorauszufahren.“

Er machte diesen schlechten Spaß, um sich an dem Schneiderlein zu rächen, das, wie er glaubte, statt ihm für seine Gefälligkeit ein Wort des Dankes und des Abschiedes zu sagen, sich ohne Umsehen in das Haus begeben hatte und den Herrn spielte. Seine ← Eulenspiegelei aufs Äußerste treibend, bestieg er auch den Wagen, ohne nach der Zeche für sich und die Pferde zu fragen, schwang die Peitsche und fuhr aus der Stadt, und alles ward so in der Ordnung befunden und dem guten Schneider ← aufs Kerbholz gebracht.

Nun musste es sich aber fügen, dass dieser, ein geborener Schlesier, wirklich Strapinski hieß, Wenzel Strapinski, mochte es nun ein Zufall sein, oder mochte der Schneider sein Wanderbuch im Wagen hervorgezogen, es dort vergessen und der Kutscher es zu sich genommen haben. Genug, als der Wirt freudestrahlend und händereibend vor ihn hintrat und fragte, ob der Herr Graf Strapinski zum Nachtisch ein Glas alten Tokaier oder ein Glas Champagner nehme, und ihm meldete, dass die Zimmer soeben zubereitet würden, da erblasste der arme Strapinski, verwirrte sich von Neuem und erwiderte gar nichts. →

„Höchst interessant!", brummte der Wirt für sich, indem er abermals in den Keller eilte und aus besonderem Verschlage nicht nur ein Fläschchen Tokaier, sondern auch ein Krügelchen Bocksbeutel holte und eine Champagnerflasche schlechthin unter den Arm nahm. Bald sah Strapinski einen kleinen Wald von Gläsern vor sich, aus welchem der Champagnerkelch wie eine Pappel emporragte. Das glänzte, klingelte und duftete gar seltsam vor ihm, und was noch seltsamer war, der arme, aber zierliche Mann griff nicht ungeschickt in das Wäldchen hinein und goss, als er sah, dass der Wirt etwas Rotwein in seinen Champagner tat, einige Tropfen Tokaier in den seinigen. Inzwischen waren der Stadtschreiber und der Notar gekommen, um den Kaffee zu trinken und das tägliche Spielchen um denselben zu machen; bald kam auch der ältere Sohn des Hauses Häberlin und Cie., der jüngere des Hauses Pütschli-Nievergelt, der Buchhalter einer großen Spinnerei, Herr Melchior Böhni; allein statt ihre Partie zu spielen, gingen sämtliche Herren in weitem Bogen hinter dem polnischen Grafen herum, die Hände in den hintern Rocktaschen, mit den Augen blinzelnd und auf den Stockzähnen lächelnd. Denn es waren diejenigen Mitglieder guter Häuser, welche ihr Leben lang zu Hause blieben, deren Verwandte und Genossen aber in aller Welt saßen, weswegen sie selbst die Welt sattsam zu kennen glaubten. → → → →

Also das sollte ein polnischer Graf sein? Den Wagen hatten sie freilich von ihrem Kontorstuhl aus gesehen; auch wusste man nicht, ob der Wirt den Grafen oder dieser jenen bewirte; doch hatte der Wirt bis jetzt noch keine dummen Streiche gemacht; er war vielmehr als ein ziemlich schlauer Kopf bekannt, und so wurden denn die Kreise, welche die neugierigen Herren um den Fremden zogen, immer kleiner, bis sie sich zuletzt vertraulich an den gleichen Tisch setzten und sich auf gewandte Weise zu dem Gelage aus dem Stegreif einluden, indem sie ohne Weiteres um eine Flasche zu würfeln begannen.

Doch tranken sie nicht zu viel, da es noch früh war; dagegen galt es, einen Schluck trefflichen Kaffee zu nehmen und dem Polacken, wie sie den Schneider bereits heimlich nannten, mit gutem Rauchzeug aufzuwarten, damit er immer mehr röche, wo er eigentlich wäre.

„Darf ich dem Herrn Grafen eine ordentliche Zigarre anbieten? Ich habe sie von meinem Bruder auf Kuba direkt bekommen!“, sagte der eine.

„Die Herren Polen lieben auch eine gute Zigarette, hier ist echter Tabak aus Smyrna, mein Kompagnon hat ihn gesendet“, rief der andere, indem er ein rotseidenes Beutelchen hinschob.

Damaskus Hauptstadt Syriens, am Antilibanon

„Dieser aus Damaskus ist feiner, Herr Graf“, rief der dritte; „unser dortiger Prokurist selbst hat ihn für mich besorgt!“

Der vierte streckte einen ungefügen Zigarrenbengel dar, indem er schrie: „Wenn Sie etwas ganz Ausgezeichnetes wollen, so versuchen Sie diese Pflanzerzigarre aus Virginien, selbst gezogen, selbst gemacht und durchaus nicht käuflich!“

Strapinski lächelte sauersüß, sagte nichts und war bald in feine Duftwolken gehüllt, welche von der hervorbrechenden Sonne lieblich versilbert wurden. Der Himmel entwölkte sich in weniger als einer Viertelstunde, der schönste Herbstnachmittag trat ein; es hieß, der Genuss der günstigen Stunde sei sich zu gönnen, da das Jahr vielleicht nicht viele solcher Tage mehr brächte; und es wurde beschlossen auszufahren, den fröhlichen Amtsrat auf seinem Gute zu besuchen, der erst vor wenigen Tagen gekeltert hatte, und seinen neuen Wein, den roten Sauser, zu kosten. Pütschli-Nievergelt, Sohn, sandte nach seinem Jagdwagen, und bald schlugen seine jungen Eisenschimmel das Pflaster vor der Waage. Der Wirt selbst ließ ebenfalls anspannen, man lud den Grafen zuvorkommend ein, sich anzuschließen und die Gegend etwas kennenzulernen.

Witz hier gleichbedeutend mit Geist

Der Wein hatte seinen Witz erwärmt; er überdachte schnell, dass er bei dieser Gelegenheit am besten sich unbemerkt entfernen und seine Wanderung fortsetzen könne; den Schaden sollten die törichten und zudringlichen Herren an sich selbst behalten. Er nahm daher die Einladung mit einigen höflichen Worten an und bestieg mit dem jungen Pütschli den Jagdwagen.

Nun war es eine weitere Fügung, dass der Schneider, nachdem er auf seinem Dorfe schon als junger Bursch dem Gutsherrn zuweilen Dienste geleistet, seine Militärzeit bei den Husaren abgedient hatte und demnach genugsam mit Pferden umzugehen verstand. Wie daher sein Gefährte höflich fragte, ob er vielleicht fahren möge, ergriff er sofort Zügel und Peitsche und fuhr in schulgerechter Haltung in raschem Trabe durch das Tor und auf der

Landstraße dahin, sodass die Herren einander ansahen und flüsterten: „Es ist richtig, es ist jedenfalls ein Herr!"

In einer halben Stunde war das Gut des Amtsrates erreicht, Strapinski fuhr in einem prächtigen Halbbogen auf und ließ die feurigen Pferde aufs Beste anprallen; man sprang von den Wagen, der Amtsrat kam herbei und führte die Gesellschaft ins Haus, und alsobald war auch der Tisch mit einem halben Dutzend Karaffen voll karneolfarbigen Sausers besetzt. Das heiße, gärende Getränk wurde vorerst geprüft, belobt und sodann fröhlich in Angriff genommen, während der Hausherr im Hause die Kunde herumtrug, es sei ein vornehmer Graf da, ein Polacke, und eine feinere Bewirtung vorbereitete.

Karneol *(lat., ital.)* Blutroter, wachsartig glänzender Edelstein

Mittlerweile teilte sich die Gesellschaft in zwei Partien, um das versäumte Spiel nachzuholen, da in diesem Lande keine Männer zusammen sein konnten, ohne zu spielen, wahrscheinlich aus angeborenem Tätigkeitstriebe. Strapinski, welcher die Teilnahme aus verschiedenen Gründen ablehnen musste, wurde eingeladen zuzusehen, denn das schien ihnen immerhin der Mühe wert, da sie so viel Klugheit und Geistesgegenwart bei den Karten zu entwickeln pflegten. Er musste sich zwischen beide Partien setzen, und sie legten es nun darauf an, geistreich und gewandt zu spielen und den Gast zu gleicher Zeit zu unterhalten. So saß er denn wie ein kränkelnder Fürst, vor welchem die Hofleute ein angenehmes Schauspiel aufführen und den Lauf der Welt darstellen. Sie erklärten ihm die bedeutendsten Wendungen, Handstreiche und Ereignisse, und wenn die eine Partie für einen Augenblick ihre Aufmerksamkeit ausschließlich dem Spiele zuwenden musste, so führte die andere dafür umso angelegentlicher die Unterhaltung mit dem Schneider. Der beste Gegenstand dünkte sie hiefür Pferde, Jagd und dergleichen; Strapinski wusste hier auch am besten Bescheid; denn er brauchte nur die Redensarten hervorzuholen, welche er einst in der Nähe von Offizieren und Gutsherren gehört und die ihm schon dazumal ausnehmend wohlgefallen hatten. Wenn er diese Redensarten auch nur sparsam, mit einer gewissen Bescheidenheit und stets mit einem schwermütigen Lächeln vorbrachte, so erreichte er damit nur eine größere Wirkung; wenn zwei oder drei von den Herren aufstanden und etwa zur Seite traten, so sagten sie: „Es ist ein vollkommener Junker!"

Nur Melcher Böhni, der Buchhalter, als ein geborener Zweifler, rieb sich vergnügt die Hände und sagte zu sich selbst: „Ich sehe es kommen, dass es wieder einen Goldacher Putsch gibt, ja, er ist gewissermaßen schon da! Es war aber auch Zeit, denn schon sind's zwei Jahre seit dem letzten. Der Mann dort hat mir so wunderlich zerstochene Finger, vielleicht von Praga oder Ostrolenka her! Nun, ich werde mich hüten, den Verlauf zu stören!“

Die beiden Partien waren nun zu Ende, auch das Sausergelüste der Herren gebüßt, und sie zogen nun vor, sich an den alten Weinen des Amtsrates ein wenig abzukühlen, die jetzt gebracht wurden; doch war die Abkühlung etwas leidenschaftlicher Natur, indem sofort, um nicht in schnöden Müßiggang zu verfallen, ein allgemeines Hasardspiel vorgeschlagen wurde. Man mischte die Karten, jeder warf einen Brabantertaler hin, und als die Reihe an Strapinski war, konnte er nicht wohl seinen Fingerhut auf den Tisch setzen. „Ich habe nicht ein solches Geldstück“, sagte er errötend; aber schon hatte Melcher Böhni, der ihn beobachtet, für ihn eingesetzt, ohne dass jemand darauf achtgab; denn alle waren viel zu behaglich, als dass sie auf den Argwohn geraten wären, jemand in der Welt könne kein Geld haben. Im nächsten Augenblicke wurde dem Schneider, der gewonnen hatte, der ganze Einsatz zugeschoben; verwirrt ließ er das Geld liegen, und Böhni besorgte für ihn das zweite Spiel, welches ein anderer gewann, sowie das dritte. Doch das vierte und fünfte gewann wiederum der Polacke, der allmählich aufwachte und sich in die Sache fand. Indem er sich still und ruhig verhielt, spielte er mit abwechselndem Glücke; einmal kam er bis auf einen Taler herunter, den er setzen musste, gewann wieder, und zuletzt, als man das Spiel satt bekam, besaß er einige Louisdors, mehr als er jemals in seinem Leben besessen, welche er, als er sah, dass jedermann sein Geld einsteckte, ebenfalls zu sich nahm, nicht ohne Furcht, dass alles ein Traum sei. Böhni, welcher ihn fortwährend scharf betrachtete, war jetzt fast im Klaren über ihn und dachte: den Teufel fährt der in einem vierspännigen Wagen!

Hasardspiel *(franz.)* Wage-, Glücksspiel

Weil er aber zugleich bemerkte, dass der rätselhafte Fremde keine Gier nach dem Gelde gezeigt, sich überhaupt bescheiden und nüchtern verhalten hatte, so war er nicht übel gegen ihn gesinnt, sondern beschloss, die Sache durchaus gehen zu lassen.

Aber der Graf Strapinski, als man sich vor dem Abendessen im Freien erging, nahm jetzt seine Gedanken zusammen und hielt den rechten Zeitpunkt einer geräuschlosen Beurlaubung für gekommen. Er hatte ein artiges Reisegeld und nahm sich vor, dem Wirt zur Waage von der nächsten Stadt aus sein aufgedrungenes Mittagsmahl zu bezahlen. Also schlug er seinen Radmantel malerisch um, drückte die Pelzmütze tiefer in die Augen und schritt unter einer Reihe von hohen Akazien in der Abendsonne langsam auf und nieder, das schöne Gelände betrachtend oder vielmehr den Weg erspähend, den er einschlagen wollte. Er nahm sich mit seiner bewölkten Stirne, seinem lieblichen, aber schwermütigen Mundbärtchen, seinen glänzenden schwarzen Locken, seinen dunklen Augen, im Wehen seines faltigen Mantels vortrefflich aus; der Abendschein und das Säuseln der Bäume über ihm erhöhten den Eindruck, sodass die Gesellschaft ihn von ferne mit Aufmerksamkeit und Wohlwollen betrachtete. Allmählich ging er immer etwas weiter vom Hause hinweg, schritt durch ein Gebüsch, hinter welchem ein Feldweg vorüberging, und als er sich vor den Blicken der Gesellschaft gedeckt sah, wollte er eben mit festem Schritt ins Feld rücken, als um eine Ecke herum plötzlich der Amtsrat mit seiner Tochter Nettchen ihm → entgegentrat. Nettchen war ein hübsches Fräulein, äußerst prächtig, etwas stutzerhaft gekleidet und mit Schmuck reichlich ver- → ziert.

„Wir suchen Sie, Herr Graf!", rief der Amtsrat, „damit ich Sie erstens hier meinem Kinde vorstelle und zweitens, um Sie zu bitten, dass Sie uns die Ehre erweisen möchten, einen Bissen Abendbrot mit uns zu nehmen; die anderen Herren sind bereits im Hause."

Der Wanderer nahm schnell seine Mütze vom Kopfe und machte ehrfurchtsvolle, ja furchtsame Verbeugungen, von Rot übergossen. Denn eine neue Wendung war eingetreten, ein Fräulein beschritt den Schauplatz der Ereignisse. Doch schadete ihm seine Blödigkeit und übergroße Ehrerbietung nichts bei der Dame; im Gegenteil, die Schüchternheit, Demut und Ehrerbietung eines so vornehmen und interessanten jungen Edelmannes erschien ihr wahrhaft rührend, ja hinreißend. Da sieht man, fuhr es ihr durch den Sinn, je nobler, desto bescheidener und unverdorbener; merkt es euch, ihr Herren Wildfänge von Goldach, die ihr vor jungen Mädchen kaum mehr den Hut berührt!

Sie grüßte den Ritter daher auf das Holdseligste, indem sie auch lieblich errötete, und sprach sogleich hastig und schnell und vieles mit ihm, wie es die Art behaglicher Kleinstädterinnen ist, die sich den Fremden zeigen wollen. Strapinski hingegen wandelte sich in kurzer Zeit um; während er bisher nichts getan hatte, um im Geringsten in die Rolle einzugehen, die man ihm aufbürdete, begann er nun unwillkürlich, etwas gesuchter zu sprechen, und mischte allerhand polnische Brocken in die Rede, kurz, das Schneiderblütchen fing in der Nähe des Frauenzimmers an, seine Sprünge zu machen und seinen Reiter davonzutragen.

Am Tisch erhielt er den Ehrenplatz neben der Tochter des Hauses; denn die Mutter war gestorben. Er wurde zwar bald wieder melancholisch, da er bedachte, nun müsse er mit den andern wieder in die Stadt zurückkehren oder gewaltsam in die Nacht hinaus entrinnen, und da er ferner überlegte, wie vergänglich das Glück sei, welches er jetzt genoss. Aber dennoch empfand er dies Glück und sagte sich zum Voraus: Ach, einmal wirst du doch in deinem Leben etwas vorgestellt und neben einem solchen höhern Wesen gesessen haben.

Es war in der Tat keine Kleinigkeit, eine Hand neben sich glänzen zu sehen, die von drei oder vier Armbändern klirrte, und bei einem flüchtigen Seitenblick jedesmal einen abenteuerlich und reizend frisierten Kopf, ein holdes Erröten, einen vollen Augenaufschlag zu sehen. Denn er mochte tun oder lassen, was er wollte, alles wurde als ungewöhnlich und nobel ausgelegt und die Ungeschicklichkeit selbst als merkwürdige Unbefangenheit liebenswürdig befunden von der jungen Dame, welche sonst stundenlang über gesellschaftliche Verstöße zu plaudern wusste. Da man guter Dinge war, sangen ein paar Gäste Lieder, die in den dreißiger Jahren Mode waren. Der Graf wurde gebeten, ein polnisches Lied zu singen. Der Wein überwand seine Schüchternheit endlich, obschon nicht seine Sorgen; er hatte einst einige Wochen im Polnischen gearbeitet und wusste einige polnische Worte, sogar ein Volksliedchen auswendig, ohne ihres Inhaltes bewusst zu sein, gleich einem Papagei. Also sang er mit edlem Wesen, mehr zaghaft als laut und mit einer Stimme, welche wie von einem geheimen Kummer leise zitterte, auf Polnisch:

Hunderttausend Schweine pferchen
Von der Desna bis zur Weichsel,
Und Kathinka, dieses Saumensch,
Geht im Schmutz bis an die Knöchel!

Hunderttausend Ochsen brüllen
Auf Wolhyniens grünen Weiden,
Und Kathinka, ja Kathinka,
Glaubt, ich sei in sie verliebt!

„Bravo! Bravo!“, riefen alle Herren, mit den Händen klatschend, und Nettchen sagte gerührt: „Ach, das Nationale ist immer so schön!“ Glücklicherweise verlangte niemand die Übersetzung dieses Gesanges.

Mit dem Überschreiten solchen Höhepunktes der Unterhaltung brach die Gesellschaft auf; der Schneider wurde wieder eingepackt und sorgfältig nach Goldach zurückgebracht; vorher hatte er versprechen müssen, nicht ohne Abschied davonzureisen.

Im Gasthof zur Waage wurde noch ein Glas Punsch genommen; jedoch Strapinski war erschöpft und verlangte nach dem Bette. Der Wirt selbst führte ihn auf seine Zimmer, deren Stattlichkeit er kaum mehr beachtete, obgleich er nur gewohnt war, in dürftigen Herbergskammern zu schlafen. Er stand ohne alle und jede Habseligkeit mitten auf einem schönen Teppich, als der Wirt plötzlich den Mangel an Gepäck entdeckte und sich vor die Stirne schlug. Dann lief er schnell hinaus, schellte, rief Kellner und Hausknechte herbei, wortwechselte mit ihnen, kam wieder und beteuerte: „Es ist richtig, Herr Graf, man hat vergessen, Ihr Gepäck abzuladen! Auch das Notwendigste fehlt!“

„Auch das kleine Paketchen, das im Wagen lag?“, fragte Strapinski ängstlich, weil er an sein handgroßes Bündelein dachte, welches er auf dem Sitze hatte liegen lassen und das ein Schnupftuch, eine Haarbürste, einen Kamm, ein Büchschen Pomade und einen Stängel Bartwichse enthielt.

„Auch dieses fehlt, es ist gar nichts da“, sagte der gute Wirt erschrocken, weil er darunter etwas sehr Wichtiges vermutete. „Man muss dem Kutscher sogleich einen Expressen nachschicken“, rief er eifrig, „ich werde das besorgen!“ →

Doch der Herr Graf fiel ihm ebenso erschrocken in den Arm und sagte bewegt: „Lassen Sie, es darf nicht sein! Man muss meine Spur verlieren für einige Zeit“, setzte er hinzu, selbst betreten über diese Erfindung.

Der Wirt ging erstaunt zu den Punsch trinkenden Gästen, erzählte ihnen den Fall und schloss mit dem Ausspruche, dass der Graf unzweifelhaft ein Opfer politischer oder der Familienverfolgung sein müsse; denn um eben diese Zeit wurden viele Polen und andere Flüchtlinge wegen gewaltsamer Unternehmungen des Landes verwiesen; andere wurden von fremden Agenten beobachtet und umgarnt.

Strapinski aber tat einen guten Schlaf, und als er spät erwachte, sah er zunächst den prächtigen Sonntagsschlafrock des Waagwirtes über einen Stuhl gehängt, ferner ein Tischchen mit allem möglichen Toilettenwerkzeug bedeckt. Sodann harrten eine Anzahl Dienstboten, um Körbe und Koffer, angefüllt mit feiner Wäsche, mit Kleidern, mit Zigarren, mit Büchern, mit Stiefeln, mit Schuhen, mit Sporen, mit Reitpeitschen, mit Pelzen, mit Mützen, mit Hüten, mit Socken, mit Strümpfen, mit Pfeifen, mit Flöten und Geigen abzugeben vonseiten der gestrigen Freunde, mit der angelegentlichen Bitte, sich dieser Bequemlichkeiten einstweilen bedienen zu wollen. Da sie die Vormittagsstunden unabänderlich in ihren Geschäften verbrachten, ließen sie ihre Besuche auf die Zeit nach Tisch ansagen.

Diese Leute waren nichts weniger als lächerlich oder einfältig, sondern umsichtige Geschäftsmänner, mehr schlau als vernagelt; allein da ihre wohl besorgte Stadt klein war und es ihnen manchmal langweilig darin vorkam, waren sie stets begierig auf eine Abwechslung, ein Ereignis, einen Vorgang, dem sie sich ohne Rückhalt hingaben. Der vierspännige Wagen, das Aussteigen des Fremden, sein Mittagessen, die Aussage des Kutschers waren so einfache und natürliche Dinge, dass die Goldacher, welche keinem müßigen Argwohn nachzuhängen pflegten, ein Ereignis darauf aufbauten wie auf einen Felsen.

Als Strapinski das Warenlager sah, das sich vor ihm ausbreitete, war seine erste Bewegung, dass er in seine Tasche griff, um zu erfahren, ob er träume oder wache. Wenn sein Fingerhut dort noch in seiner Einsamkeit weilte, so träumte er. Aber nein, der Fingerhut wohnte traulich zwischen dem gewonnenen Spielgelde und scheuerte sich freundschaftlich an den Talern; so ergab sich auch sein Gebieter wiederum in das Ding und stieg von seinen Zimmern herunter auf die Straße, um sich die Stadt zu besehen, in welcher es ihm so wohl erging. Unter der Küchentüre stand die Köchin, welche ihm einen tiefen Knicks machte und ihm mit neuem Wohlgefallen nachsah; auf dem Flur und an der Haustüre standen andere Hausgeister, alle mit der Mütze in der Hand, und Strapinski schritt mit gutem Anstand und doch bescheiden hinaus, seinen Mantel sittsam zusammennehmend. Das Schicksal machte ihn mit jeder Minute größer.

Mit ganz anderer Miene besah er sich die Stadt, als wenn er um Arbeit darin ausgegangen wäre. Dieselbe bestand größtenteils aus schönen, fest gebauten Häusern, welche alle mit steinernen oder gemalten Sinnbildern geziert und mit einem Namen versehen waren. In diesen Benennungen war die Sitte der Jahrhunderte deutlich zu erkennen. Das Mittelalter spiegelte sich ab in den ältesten Häusern oder in den Neubauten, welche an deren Stelle getreten, aber den alten Namen behalten aus der Zeit der kriegerischen Schultheiße und der Märchen. Da hieß es: zum Schwert, zum Eisenhut, zum Harnisch, zur Armbrust, zum blauen Schild, zum Schweizerdegen, zum Ritter, zum Büchsenstein, zum Türken, zum Meerwunder, zum goldnen Drachen, zur Linde, zum Pilgerstab, zur Wasserfrau, zum Paradiesvogel, zum Granatbaum, zum Kämbel, zum Einhorn und dergleichen. Die Zeit der Aufklärung und die Philanthropie war deutlich zu lesen in den moralischen Begriffen, welche in schönen Goldbuchstaben über den Haustü-

Schultheiß Früher: Gemeindevorsteher

←
←

ren erglänzten, wie: zur Eintracht, zur Redlichkeit, zur alten Unabhängigkeit, zur neuen Unabhängigkeit, zur Bürgertugend a, zur Bürgertugend b, zum Vertrauen, zur Liebe, zur Hoffnung, zum Wiedersehen 1 und 2, zum Frohsinn, zur inneren Rechtlichkeit, zur äußeren Rechtlichkeit, zum Landeswohl (ein reinliches Häuschen, in welchem hinter einem Kanarienkäfig, ganz mit Kresse behängt, eine freundliche alte Frau saß mit einer weißen Zipfelhaube und Garn haspelte), zur Verfassung (unten hauste ein Böttcher, welcher eifrig und mit großem Geräusch kleine Eimer und Fässchen mit Reifen einfasste und unablässig klopfte); ein Haus hieß schauerlich: zum Tod! ein verwaschenes Gerippe erstreckte sich von unten bis oben zwischen den Fenstern; hier wohnte der Friedensrichter. Im Hause zur Geduld wohnte der Schuldenschreiber, ein ausgehungertes Jammerbild, da in dieser Stadt keiner dem andern etwas schuldig blieb.

Endlich verkündete sich in den neuesten Häusern die Poesie der Fabrikanten, Bankiers und Spediteure und ihrer Nachahmer in den wohlklingenden Namen: Rosental, Morgental, Sonnenberg, Veilchenburg, Jugendgarten, Freudenberg, Henriettental, zur Camelia, Wilhelminenburg usw. Die an Frauennamen gehängten Täler und Burgen bedeuteten für den Kundigen immer ein schönes Weibergut.

An jeder Straßenecke stand ein alter Turm mit reichem Uhrwerk, buntem Dach und zierlich vergoldeter Windfahne. Diese Türme waren sorgfältig erhalten; denn die Goldacher erfreuten sich der Vergangenheit und der Gegenwart und taten auch recht daran. Die ganze Herrlichkeit war aber von der alten Ringmauer eingefasst, welche, obwohl nichts mehr nütze, dennoch zum Schmucke beibehalten wurde, da sie ganz mit dichtem, altem Efeu überwachsen war und so die kleine Stadt mit einem immergrünen Kranze umschloss.

Alles dieses machte einen wunderbaren Eindruck auf Strapinski; er glaubte sich in einer anderen Welt zu befinden. Denn als er die Aufschriften der Häuser las, dergleichen er noch nicht gesehen, war er der Meinung, sie bezögen sich auf die besondern Geheimnisse und Lebensweisen jedes Hauses und es sähe hinter jeder Haustüre wirklich so aus, wie die Überschrift angab, sodass er in eine Art moralisches Utopien hineingeraten wäre. So war er geneigt zu glauben, die wunderliche Aufnahme, welche er gefunden, hänge hiemit im Zusammenhang, sodass z. B. das Sinnbild der Waage, in welcher er wohnte, bedeute, dass dort das ungleiche Schicksal abgewogen und ausgeglichen und zuweilen ein reisender Schneider zum Grafen gemacht würde.

Er geriet auf seiner Wanderung auch vor das Tor, und wie er nun so über das freie Feld hinblickte, meldete sich zum letzten Male der pflichtgemäße Gedanke, seinen Weg unverweilt fortzusetzen. Die Sonne schien, die Straße war schön, fest, nicht zu trocken und auch nicht zu nass, zum Wandern wie gemacht. Reisegeld hatte er nun auch, sodass er angenehm einkehren konnte, wo er Lust dazu verspürte, und kein Hindernis war zu erspähen.

Da stand er nun, gleich dem Jüngling am Scheidewege, auf einer wirklichen Kreuzstraße; aus dem Lindenkranze, welcher die Stadt umgab, stiegen gastliche Rauchsäulen, die goldenen Turmknöpfe funkelten lockend aus den Baumwipfeln, Glück, Genuss und Verschuldung, ein geheimnisvolles Schicksal winkten dort; von der Feldseite her aber glänzte die freie Ferne; Arbeit, Entbehrung, Armut, Dunkelheit harrten dort, aber auch ein gutes Gewissen und ein ruhiger Wandel; dieses fühlend, wollte er denn auch entschlossen ins Feld abschwenken. Im gleichen Augenblicke rollte ein rasches Fuhrwerk heran; es war das Fräulein von gestern, welches mit wehendem blauem Schleier ganz allein in einem schmucken leichten Fuhrwerke saß, ein schönes Pferd regierte und nach der Stadt fuhr. Sobald Strapinski nur an seine Mütze griff und dieselbe demütig vor seine Brust nahm in seiner Überraschung, verbeugte sich das Mädchen rasch errötend gegen ihn, aber überaus freundlich, und fuhr in großer Bewegung, das Pferd zum Galopp antreibend, davon.

Strapinski aber machte unwillkürlich ganze Wendung und kehrte getrost nach der Stadt zurück. Noch an demselben Tage galoppierte er auf dem besten Pferde der Stadt, an der Spitze einer ganzen Reitergesellschaft, durch die Allee, welche um die grüne Ringmauer führte, und die fallenden Blätter der Linden tanzten wie ein goldener Regen um sein verklärtes Haupt.

Nun war der Geist in ihn gefahren. Mit jedem Tage wandelte er sich, gleich einem Regenbogen, der zusehends bunter wird an der vorbrechenden Sonne. Er lernte in Stunden, in Augenblicken, was andere nicht in Jahren, da es in ihm gesteckt hatte, wie das Farbenwesen im Regentropfen. Er beobachtete wohl die Sitten seiner Gastfreunde und bildete sie während des Beobachtens zu einem Neuen und Fremdartigen um; besonders suchte er abzulauschen, was sie sich eigentlich unter ihm dächten und was für ein Bild sie sich von ihm gemacht. Dies Bild arbeitete er weiter aus nach seinem eigenen Geschmacke, zur vergnüglichen Unterhaltung der einen, welche gern etwas Neues sehen wollten, und zur Bewunderung der anderen, besonders der Frauen, welche nach erbaulicher Anregung dürsteten. So ward er rasch zum Helden eines artigen Romanes, an welchem er gemeinsam mit der Stadt und liebevoll arbeitete, dessen Hauptbestandteil aber immer noch das Geheimnis war.

Bei alledem erlebte Strapinski, was er in seiner Dunkelheit früher nie gekannt, eine schlaflose Nacht um die andere, und es ist mit Tadel hervorzuheben, dass es ebenso viel die Furcht vor der Schande, als armer Schneider entdeckt zu werden und dazustehen, als das ehrliche Gewissen war, was ihm den Schlaf raubte. Sein angeborenes Bedürfnis, etwas Zierliches und Außergewöhnliches vorzustellen, wenn auch nur in der Wahl der Kleider, hatte ihn in diesen Konflikt geführt und brachte jetzt auch jene Furcht hervor, und sein Gewissen war nur insoweit mächtig, dass er beständig den Vorsatz nährte, bei guter Gelegenheit einen Grund zur Abreise zu finden und dann durch Lotteriespiel und dergleichen die Mittel zu gewinnen, aus geheimnisvoller Ferne alles zu vergüten, um was er die gastfreundlichen Goldacher gebracht hatte. Er ließ sich auch schon aus allen Städten, wo es Lotterien oder Agenten derselben gab, Lose kommen mit mehr oder weniger bescheidenem Einsatze, und die daraus entstehende Korrespondenz, der Empfang der Briefe, wurde wiederum als ein Zeichen wichtiger Beziehungen und Verhältnisse vermerkt.

Schon hatte er mehr als einmal ein paar Gulden gewonnen und dieselben sofort wieder zum Erwerb neuer Lose verwendet, als er eines Tages von einem fremden Kollekteur, der sich aber Bankier nannte, eine namhafte Summe empfing, welche hinreichte, jenen Rettungsgedanken auszuführen. Er war bereits nicht mehr erstaunt über sein Glück, das sich von selbst zu verstehen schien, fühlte sich aber doch erleichtert und besonders dem guten Waagwirt gegenüber beruhigt, welchen er seines guten Essens wegen sehr wohl leiden mochte. Anstatt aber kurz abzubinden, seine Schulden gradaus zu bezahlen und abzureisen, gedachte er, wie er sich vorgenommen, eine kurze Geschäftsreise vorzugeben, dann aber von irgendeiner großen Stadt aus zu melden, dass das unerbittliche Schicksal ihm verbiete je wiederzukehren; dabei wolle er seinen Verbindlichkeiten nachkommen, ein gutes Andenken hinterlassen und seinem Schneiderberufe sich aufs Neue und mit mehr Umsicht und Glück widmen oder auch sonst einen anständigen Lebensweg erspähen. Am liebsten wäre er freilich auch als Schneidermeister in Goldach geblieben und hätte jetzt die Mittel gehabt, sich da ein bescheidenes Auskommen zu begründen; allein es war klar, dass er hier nur als Graf leben konnte.

Kollekteur *(franz.)* Losverkäufer, Lotterieeinnehmer

Wegen des sichtlichen Vorzuges und Wohlgefallens, dessen er sich bei jeder Gelegenheit von Seite des schönen Nettchens zu erfreuen hatte, waren schon manche Redensarten im Umlauf, und er hatte sogar bemerkt, dass das Fräulein hin und wieder die Gräfin genannt wurde. Wie konnte er diesem Wesen nun eine solche Entwicklung bereiten? Wie konnte er das Schicksal, das ihn gewaltsam so erhöht hatte, so frevelhaft Lügen strafen und sich selbst beschämen?

Er hatte von seinem Lotteriemann, genannt Bankier, einen Wechsel bekommen, welchen er bei einem Goldacher Haus einkassierte; diese Verrichtung bestärkte abermals die günstigen Meinungen über seine Person und Verhältnisse, da die soliden Handelsleute nicht im Entferntesten an einen Lotterieverkehr dachten. An demselben Tage nun begab sich Strapinski auf einen stattlichen Ball, zu dem er geladen war. In tiefes, einfaches Schwarz gekleidet erschien er und verkündete sogleich den ihn Begrüßenden, dass er genötigt sei zu verreisen.

In zehn Minuten war die Nachricht der ganzen Versammlung bekannt, und Nettchen, deren Anblick Strapinski suchte, schien, wie erstarrt, seinen Blicken auszuweichen, bald rot, bald blass werdend. Dann tanzte sie mehrmals hintereinander mit jungen Herren, setzte sich zerstreut und schnell atmend und schlug eine Einladung des Polen, der endlich herangetreten war, mit einer kurzen Verbeugung aus, ohne ihn anzusehen.

Seltsam aufgeregt und bekümmert ging er hinweg, nahm seinen famosen Mantel um und schritt mit wehenden Locken in einem Gartenwege auf und nieder. Es wurde ihm nun klar, dass er eigentlich nur dieses Wesens halber so lange dageblieben sei, dass die unbestimmte Hoffnung, doch wieder in ihre Nähe zu kommen, ihn unbewusst belebte, dass aber der ganze Handel eben eine Unmöglichkeit darstelle von der verzweifeltsten Art.

Wie er so dahinschritt, hörte er rasche Tritte hinter sich, leichte, doch unruhig bewegte. Nettchen ging an ihm vorüber und schien, nach einigen ausgerufenen Worten zu urteilen, nach ihrem Wagen zu suchen, obgleich derselbe auf der anderen Seite des Hauses stand und hier nur Winterkohlköpfe und eingewickelte Rosenbäumchen den Schlaf der Gerechten verträumten. Dann kam sie wieder zurück, und da er jetzt mit klopfendem Herzen ihr im Wege stand und bittend die Hände nach ihr ausstreckte, fiel sie ihm ohne Weiteres um den Hals und fing jämmerlich an zu weinen. Er bedeckte ihre glühenden Wangen mit seinen fein duftenden dunklen Locken, und sein Mantel umschlug die schlanke, stolze, schneeweiße Gestalt des Mädchens wie mit schwarzen Adlerflügeln; es war ein wahrhaft schönes Bild, das seine Berechtigung ganz allein in sich selbst zu tragen schien.

Strapinski aber verlor in diesem Abenteuer seinen Verstand und gewann das Glück, das öfter den Unverständigen hold ist. Nettchen eröffnete ihrem Vater noch in selbiger Nacht beim Nachhausefahren, dass kein anderer als der Graf der Ihrige sein werde; dieser erschien am Morgen in aller Frühe, um bei dem Vater liebenswürdig schüchtern und melancholisch, wie immer, um sie zu werben, und der Vater hielt folgende Rede:

„So hat sich denn das Schicksal und der Wille dieses törichten Mädchens erfüllt! Schon als Schulkind behauptete sie fortwährend, nur einen Italiener oder einen Polen, einen großen Pianisten oder einen Räuberhauptmann mit schönen Locken heiraten zu wollen, und nun haben wir die Bescherung! Alle inländischen wohlmeinenden Anträge hat sie ausgeschlagen, noch neulich musste ich den gescheiten und tüchtigen Melchior Böhni heimschicken, der noch große Geschäfte machen wird, und sie hat ihn noch schrecklich verhöhnt, weil er nur ein rötliches Backenbärtchen trägt und aus einem silbernen Döschen schnupft! Nun, Gott sei Dank, ist ein polnischer Graf da aus wildester Ferne! Nehmen Sie die Gans, Herr Graf, und schicken Sie mir dieselbe wieder, wenn sie in Ihrer Polackei friert und einst unglücklich wird und heult! Ach, was würde die selige Mutter für ein Entzücken genießen, wenn sie noch erlebt hätte, dass das verzogene Kind eine Gräfin geworden ist!“

Nun gab es große Bewegung; in wenig Tagen sollte rasch die Verlobung gefeiert werden, denn der Amtsrat behauptete, dass der künftige Schwiegersohn sich in seinen Geschäften und vorhabenden Reisen nicht durch Heiratssachen dürfe aufhalten lassen, sondern diese durch die Beförderung jener beschleunigen müsse.

Strapinski brachte zur Verlobung Brautgeschenke, welche ihn die Hälfte seines zeitlichen Vermögens kosteten; die andere Hälfte verwandte er zu einem Feste, das er seiner Braut geben wollte. Es war eben Fastnachtszeit und bei hellem Himmel ein verspätetes glänzendes Winterwetter. Die Landstraßen boten die prächtigste Schlittenbahn, wie sie nur selten entsteht und sich hält, und Herr von Strapinski veranstaltete darum eine Schlittenfahrt und einen Ball in dem für solche Feste beliebten stattlichen Gasthause, welches auf einer Hochebene mit der schönsten Aussicht gelegen war, etwa zwei gute Stunden entfernt und genau in der Mitte zwischen Goldach und Seldwyla.

Um diese Zeit geschah es, dass Herr Melchior Böhni in der letzteren Stadt Geschäfte zu besorgen hatte und daher einige Tage vor dem Winterfest in einem leichten Schlitten dahinfuhr, seine beste Zigarre rauchend; und es geschah ferner, dass die Seldwyler auf den gleichen Tag wie die Goldacher auch eine Schlittenfahrt verabredeten, nach dem gleichen Orte, und zwar eine kostümierte oder Maskenfahrt.

So fuhr denn der Goldacher Schlittenzug gegen die Mittagsstunde unter Schellenklang, Posthorntönen und Peitschenknall durch die Straßen der Stadt, dass die Sinnbilder der alten Häuser erstaunt herniedersahen, und zum Tore hinaus. Im ersten Schlitten saß Strapinski mit seiner Braut, in einem polnischen Überrock von grünem Samt, mit Schnüren besetzt und schwer mit Pelz verbrämt und gefüttert. Nettchen war ganz in weißes Pelzwerk gehüllt; blaue Schleier schützten ihr Gesicht gegen die frische Luft und gegen den Schneeglanz. Der Amtsrat war durch irgendein plötzliches Ereignis verhindert worden mitzufahren; doch war es sein Gespann und sein Schlitten, in welchem sie fuhren, ein vergoldetes Frauenbild als Schlittenzierrat vor sich, die Fortuna vorstellend; denn die Stadtwohnung des Amtsrates hieß zur Fortuna.

Ihnen folgten fünfzehn bis sechzehn Gefährte mit je einem Herrn und einer Dame, alle geputzt und lebensfroh, aber keines der Paare so schön und stattlich wie das Brautpaar. Die Schlitten trugen, wie die Meerschiffe ihre Galions, immer das Sinnbild des Hauses, dem jeder angehörte, sodass das Volk rief: „Seht, da kommt die Tapferkeit! Wie schön ist die Tüchtigkeit! Die Verbesserlichkeit scheint neu lackiert zu sein und die Sparsamkeit frisch vergoldet! Ah, der Jakobsbrunnen und der Teich Bethesda!“ Im Teiche Bethesda, welcher als bescheidener Einspänner den Zug beschloss, kutschierte Melchior Böhni still und vergnügt. Als Galion seines Fahrzeugs hatte er das Bild jenes jüdischen Männchens vor sich, welcher an besagtem Teiche dreißig Jahre auf sein Heil gewartet. So segelte denn das Geschwader im Sonnenscheine dahin und erschien bald auf der weithin schimmernden Höhe, dem Ziele sich nahend. Da ertönte gleichzeitig von der entgegengesetzten Seite lustige Musik.

Aus einem duftig bereiften Walde heraus brach ein Wirrwarr von bunten Farben und Gestalten und entwickelte sich zu einem Schlittenzug, welcher hoch am weißen Feldrande sich auf den blauen Himmel zeichnete und ebenfalls nach der Mitte der Gegend hinglitt, von abenteuerlichem Anblick. Es schienen meistens große bäuerliche Lastschlitten zu sein, je zwei zusammengebunden, um absonderlichen Gebilden und Schaustellungen zur Unterlage zu dienen. Auf dem vordersten Fuhrwerke ragte eine kolossale Figur empor, die Göttin Fortuna vorstellend, welche in den Äther hinauszufliegen schien. Es war eine riesenhafte Strohpuppe voll schimmernden Flittergoldes, deren Gazegewänder in der Luft flatterten. Auf dem zweiten Gefährte aber fuhr ein ebenso riesenmäßiger Ziegenbock einher, schwarz und düster abstechend und mit gesenkten Hörnern der Fortuna nachjagend. Hierauf folgte ein seltsames Gerüst, welches sich als ein fünfzehn Schuh hohes Bügeleisen darstellte, dann eine gewaltig schnappende Schere, welche mittelst einer Schnur auf- und zugeklappt wurde und das Himmelszelt für einen blauseidenen Westenstoff anzusehen schien. Andere solche landläufige Anspielungen auf das Schneiderwesen folgten noch, und zu Füßen aller dieser Gebilde saß auf den geräumigen, je von vier Pferden gezogenen Schlitten die Seldwyler Gesellschaft in buntester Tracht, mit lautem Gelächter und Gesang.

Als beide Züge gleichzeitig auf dem Platze vor dem Gasthause auffuhren, gab es demnach einen geräuschvollen Auftritt und ein großes Gedränge von Menschen und Pferden. Die Herrschaften von Goldach waren überrascht und erstaunt über die abenteuerliche Begegnung; die Seldwyler dagegen stellten sich vorerst gemütlich und freundschaftlich bescheiden. Ihr vorderster Schlitten mit der Fortuna trug die Inschrift: „Leute machen Kleider“, und so ergab es sich denn, dass die ganze Gesellschaft lauter Schneidersleute von allen Nationen und aus allen Zeitaltern darstellte. Es war gewissermaßen ein historisch-ethnografischer Schneiderfestzug, welcher mit der umgekehrten und ergänzenden Inschrift abschloss: „Kleider machen Leute!“ In dem letzten Schlitten mit dieser Überschrift saßen nämlich, als das Werk der vorausgefahrenen heidnischen und christlichen Nahtbeflissenen aller Art, ehrwürdige Kaiser und Könige, Ratsherren und Stabsoffiziere, Prälaten und Stiftsdamen in höchster Gravität.

Diese Schneiderwelt wusste sich gewandt aus dem Wirrwarr zu ordnen und ließ die Goldacher Herren und Damen, das Brautpaar an deren Spitze, bescheiden ins Haus spazieren, um nachher die unteren Räume desselben, welche für sie bestellt waren, zu besetzen, während jene die breite Treppe empor nach dem großen Festsaale rauschten. Die Gesellschaft des Herrn Grafen fand dies Benehmen schicklich, und ihre Überraschung verwandelte sich in Heiterkeit und beifälliges Lächeln über die unverwüstliche Laune der Seldwyler; nur der Graf selbst hegte gar dunkle Empfindungen, die ihm nicht behagten, obgleich er in der jetzigen Voreingenommenheit seiner Seele keinen bestimmten Argwohn verspürte und nicht einmal bemerkt hatte, woher die Leute gekommen waren. Melchior Böhni, der seinen Teich Bethesda sorglich beiseite gebracht hatte und sich aufmerksam in der Nähe Strapinskis befand, nannte laut, dass dieser es hören konnte, eine ganz andere Ortschaft als den Ursprungsort des Maskenzuges.

Bald saßen beide Gesellschaften, jegliche auf ihrem Stockwerke, an den gedeckten Tafeln und gaben sich fröhlichen Gesprächen und Scherzreden hin, in Erwartung weiterer Freuden.

Die kündigten sich denn auch für die Goldacher an, als sie paarweise in den Tanzsaal hinüberschritten und dort die Musiker schon ihre Geigen stimmten. Wie nun aber alles im Kreise stand ← und sich zum Reihen ordnen wollte, erschien eine Gesandtschaft der Seldwyler, welche das freundnachbarliche Gesuch und Anerbieten vortrug, den Herren und Frauen von Goldach einen Besuch abstatten zu dürfen und ihnen zum Ergötzen einen Schautanz aufzuführen. Dieses Anerbieten konnte nicht wohl zurückgewiesen werden; auch versprach man sich von den lustigen Seldwylern einen tüchtigen Spaß und setzte sich daher nach der Anordnung der besagten Gesandtschaft in einem großen Halbring, in dessen Mitte Strapinski und Nettchen glänzten gleich fürstlichen Sternen.

Nun traten allmählich jene besagten Schneidergruppen nacheinander ein. Jede führte in zierlichem Gebärdenspiel den Satz „Leute machen Kleider" und dessen Umkehrung durch, indem sie erst mit Emsigkeit irgendein stattliches Kleidungsstück, einen Fürstenmantel, Priestertalar und dergleichen anzufertigen schien und sodann eine dürftige Person damit bekleidete, welche, urplötzlich umgewandelt, sich in höchstem Ansehen aufrichtete und nach dem Takte der Musik feierlich einherging. Auch die Tierfabel wurde in diesem Sinne in Szene gesetzt, da eine gewaltige Krähe erschien, die sich mit Pfauenfedern schmückte und quakend umherhupfte, ein Wolf, der sich einen Schafspelz zurechtschneiderte, schließlich ein Esel, der eine furchtbare Löwenhaut ← von Werg trug und sich heroisch damit drapierte wie mit einem ← Carbonarimantel.

Alle, die so erschienen, traten nach vollbrachter Darstellung zurück und machten allmählich so den Halbkreis der Goldacher zu einem weiten Ring von Zuschauern, dessen innerer Raum endlich leer ward. In diesem Augenblick ging die Musik in eine wehmütig ernste Weise über, und zugleich beschritt eine letzte Erscheinung den Kreis, dessen Augen sämtlich auf sie gerichtet waren. Es war ein schlanker junger Mann in dunklem Mantel, dunklen schönen Haaren und mit einer polnischen Mütze; es war niemand anders als der Graf Strapinski, wie er an jenem Novembertage auf der Straße gewandert und den verhängnisvollen Wagen bestiegen hatte.

Die ganze Versammlung blickte lautlos gespannt auf die Gestalt, welche feierlich schwermütig einige Gänge nach dem Takte der Musik umhertrat, dann in die Mitte des Ringes sich begab, den Mantel auf den Boden breitete, sich schneidermäßig darauf niedersetzte und anfing ein Bündel auszupacken. Er zog einen beinahe fertigen Grafenrock hervor, ganz wie ihn Strapinski in diesem Augenblicke trug, nähte mit großer Hast und Geschicklichkeit Troddeln und Schnüre darauf und bügelte ihn schulgerecht aus, indem er das scheinbar heiße Bügeleisen mit nassen Fingern prüfte. Dann richtete er sich langsam auf, zog seinen fadenscheinigen Rock aus und das Prachtkleid an, nahm ein Spiegelchen, kämmte sich und vollendete seinen Anzug, dass er endlich als das leibhaftige Ebenbild des Grafen dastand. Unversehens ging die Musik in eine rasche mutige Weise über, der Mann wickelte seine Siebensachen in den alten Mantel und warf das Pack weit über die Köpfe der Anwesenden hinweg in die Tiefe des Saales, als wollte er sich ewig von seiner Vergangenheit trennen. Hierauf beging er als stolzer Weltmann in stattlichen Tanzschritten den Kreis, hie und da sich vor den Anwesenden huldreich verbeugend, bis er vor das Brautpaar gelangte. Plötzlich fasste er den Polen, ungeheuer überrascht, fest ins Auge, stand als eine Säule vor ihm still, während gleichzeitig wie auf Verabredung die Musik aufhörte und eine fürchterliche Stille wie ein stummer Blitz einfiel.

„Ei ei ei ei!“, rief er mit weithin vernehmlicher Stimme und reckte den Arm gegen den Unglücklichen aus, „sieh da den Bruder Schlesier, den Wasserpolacken! Der mir aus der Arbeit gelaufen ist, weil er wegen einer kleinen Geschäftsschwankung glaubte, es sei zu Ende mit mir. Nun es freut mich, dass es Ihnen so lustig geht und Sie hier so fröhliche Fastnacht halten! Stehen Sie in Arbeit zu Goldach?“

Zugleich gab er dem bleich und lächelnd dasitzenden Grafensohn die Hand, welche dieser willenlos ergriff wie eine feurige Eisenstange, während der Doppelgänger rief: „Kommt, Freunde, seht hier unsern sanften Schneidergesellen, der wie ein Raphael aussieht und unsern Dienstmägden, auch der Pfarrerstochter so wohl gefiel, die freilich ein bisschen übergeschnappt ist!“

Nun kamen die Seldwyler Leute alle herbei und drängten sich um Strapinski und seinen ehemaligen Meister, indem sie ersterem treuherzig die Hand schüttelten, dass er auf seinem Stuhle schwankte und zitterte. Gleichzeitig setzte die Musik wieder ein mit einem lebhaften Marsch; die Seldwyler, sowie sie an dem Brautpaar vorüber waren, ordneten sich zum Abzuge und mar-

diabolisch *(griech., lat.)* teuflisch

Mirakel *(lat.)* das Wunder. Schon im 14. Jhdt. gebraucht

schierten unter Absingen eines wohl einstudierten diabolischen Lachchors aus dem Saale, während die Goldacher, unter welchen Böhni die Erklärung des Mirakels blitzschnell zu verbreiten gewusst hatte, durcheinander liefen und sich mit den Seldwylern kreuzten, sodass es einen großen Tumult gab.

Als dieser sich endlich legte, war auch der Saal beinahe leer; wenige Leute standen an den Wänden und flüsterten verlegen untereinander; ein paar junge Damen hielten sich in einiger Entfernung von Nettchen, unschlüssig, ob sie sich derselben nähern sollten oder nicht.

Das Paar aber saß unbeweglich auf seinen Stühlen gleich einem steinernen ägyptischen Königspaar, ganz still und einsam; man glaubte den unabsehbaren glühenden Wüstensand zu fühlen.

Nettchen, weiß wie ein Marmor, wendete das Gesicht langsam nach ihrem Bräutigam und sah ihn seltsam von der Seite an.

Da stand er langsam auf und ging mit schweren Schritten hinweg, die Augen auf den Boden gerichtet, während große Tränen aus denselben fielen.

Er ging durch die Goldacher und Seldwyler, welche die Treppen bedeckten, hindurch, wie ein Toter, der sich gespenstisch von einem Jahrmarkt stiehlt, und sie ließen ihn seltsamerweise auch wie einen solchen passieren, indem sie ihm still auswichen, ohne zu lachen oder harte Worte nachzurufen. Er ging auch zwischen den zur Abfahrt gerüsteten Schlitten und Pferden von Goldach hindurch, indessen die Seldwyler sich in ihrem Quartiere erst noch recht belustigten, und er wandelte halb unbewusst, nur in der Meinung, nicht mehr nach Goldach zurückzukommen, dieselbe Straße gegen Seldwyla hin, auf welcher er vor einigen Monaten hergewandert war. Bald verschwand er in der Dunkelheit des Waldes, durch welchen sich die Straße zog. Er war barhäuptig, denn seine Polenmütze war im Fenstersimse des Tanzsaales liegen geblieben nebst den Handschuhen, und so schritt er denn gesenkten Hauptes und die frierenden Hände unter die gekreuzten Arme bergend vorwärts, während seine Gedanken sich allmählich sammelten und zu einigem Erkennen gelangten. Das erste deutliche Gefühl, dessen er inne wurde, war dasjenige einer ungeheuren Schande, gleich wie wenn er ein wirklicher Mann von Rang und Ansehen gewesen und nun infam geworden wäre durch Hereinbrechen irgendeines verhängnisvollen Unglückes. Dann löste sich dieses Gefühl aber auf in eine Art Bewusstsein erlittenen Unrechtes; er hatte sich bis zu seinem glorreichen Einzug in die verwünschte Stadt nie ein Vergehen zuschulden kommen lassen; soweit seine Gedanken in die Kindheit zurückreichten, war ihm nicht erinnerlich, dass er je wegen einer Lüge oder einer Täuschung gestraft oder gescholten worden wäre, und nun war er ein Betrüger geworden dadurch, dass die Torheit der Welt ihn in einem unbewachten und sozusagen wehrlosen Augenblicke überfallen und ihn zu ihrem Spielgesellen gemacht hatte. Er kam sich wie ein Kind vor, welches ein anderes boshaftes Kind überredet hat, von einem Altare den Kelch zu stehlen; er hasste und verachtete sich jetzt, aber er weinte auch über sich und seine unglückliche Verirrung.

Wenn ein Fürst Land und Leute nimmt; wenn ein Priester die Lehre seiner Kirche ohne Überzeugung verkündet, aber die Güter seiner Pfründe mit Würde verzehrt; wenn ein dünkelvoller Lehrer die Ehren und Vorteile eines hohen Lehramtes innehat und genießt, ohne von der Höhe seiner Wissenschaft den mindesten Begriff zu haben und derselben auch nur den kleinsten Vorschub zu leisten; wenn ein Künstler ohne Tugend, mit leichtfertigem Tun und leerer Gaukelei sich in Mode bringt und Brot und Ruhm der wahren Arbeit vorwegstiehlt; oder wenn ein Schwindler, der einen großen Kaufmannsnamen geerbt oder erschlichen hat, durch seine Torheiten und Gewissenlosigkeiten Tausende um ihre Ersparnisse und Notpfennige bringt, so weinen alle diese nicht über sich, sondern erfreuen sich ihres Wohlseins und bleiben nicht einen Abend ohne aufheiternde Gesellschaft und gute Freunde.

Pfründe
Einnahmen eines katholischen Kirchenamtes

Unser Schneider aber weinte bitterlich über sich, das heißt, er fing solches plötzlich an, als nun seine Gedanken an der schweren Kette, an der sie hingen, unversehens zu der verlassenen Braut zurückkehrten und sich aus Scham vor der Unsichtbaren zur Erde krümmten. Das Unglück und die Erniedrigung zeigten ihm mit einem hellen Strahle das verlorene Glück und machten aus dem unklar verliebten Irrgänger einen verstoßenen Liebenden. Er streckte die Arme gegen die kalt glänzenden Sterne empor und taumelte mehr als er ging auf seiner Straße dahin, stand wieder still und schüttelte den Kopf, als plötzlich ein roter Schein den Schnee um ihn her erreichte und zugleich Schellenklang und Gelächter ertönte. Es waren die Seldwyler, welche mit Fackeln nach Hause fuhren. Schon näherten sich ihm die ersten Pferde mit ihren Nasen; da raffte er sich auf, tat einen gewaltigen Sprung über den Straßenrand und duckte sich unter die vordersten Stämme des Waldes. Der tolle Zug fuhr vorbei und verhallte endlich in der dunklen Ferne, ohne dass der Flüchtling bemerkt worden war; dieser aber, nachdem er eine gute Weile reglos gelauscht hatte, von der Kälte wie von den erst genossenen feurigen Getränken und seiner gramvollen Dummheit übermannt, streckte unvermerkt seine Glieder aus und schlief ein auf dem knisternden Schnee, während ein eiskalter Hauch von Osten heranzuwehen begann.

Inzwischen erhob auch Nettchen sich von ihrem einsamen Sitze. Sie hatte dem abziehenden Geliebten gewissermaßen aufmerksam nachgeschaut, saß länger als eine Stunde unbeweglich da und stand dann auf, indem sie bitterlich zu weinen begann und ratlos nach der Türe ging. Zwei Freundinnen gesellten sich nun zu ihr mit zweifelhaft tröstenden Worten; sie bat dieselben, ihr Mantel, Tücher, Hut und dergleichen zu verschaffen, in welche Dinge sie sich sodann stumm verhüllte, die Augen mit dem Schleier heftig trocknend. Da man aber, wenn man weint, fast immer zugleich auch die Nase schnäuzen muss, so sah sie sich doch genötigt, das Taschentuch zu nehmen, und tat einen tüchtigen Schnäuz, worauf sie stolz und zornig um sich blickte. In dieses Blicken hinein geriet Melchior Böhni, der sich ihr freundlich, demütig und lächelnd näherte und ihr die Notwendigkeit darstellte, nunmehr einen Führer und Begleiter nach dem väterlichen Hause zurück zu haben. Den Teich Bethesda, sagte er, werde er hier im Gasthause zurücklassen und dafür die Fortuna mit der verehrten Unglücklichen sicher nach Goldach hin geleiten.

Ohne zu antworten, ging sie festen Schrittes voran nach dem Hofe, wo der Schlitten mit den ungeduldigen wohl gefütterten Pferden bereitstand, einer der letzten, welche dort waren. Sie nahm rasch darin Platz, ergriff das Leitseil und die Peitsche, und während der achtlose Böhni, mit glücklicher Geschäftigkeit sich gebärdend, dem Stallknecht, der die Pferde gehalten, das Trinkgeld hervorsuchte, trieb sie unversehens die Pferde an und fuhr auf die Landstraße hinaus in starken Sätzen, welche sich bald in einen anhaltenden muntern Galopp verwandelten. Und zwar ging es nicht nach der Heimat, sondern auf der Seldwyler Straße hin. Erst als das leicht beschwingte Fahrzeug schon dem Blick entschwunden war, entdeckte Herr Böhni das Ereignis und lief in der Richtung gegen Goldach mit Hoho! und Haltrufen, sprang dann zurück und jagte mit seinem eigenen Schlitten der entflohenen oder nach seiner Meinung durch die Pferde entführten Schönen nach, bis er am Tore der aufgeregten Stadt anlangte, in welcher das Ärgernis bereits alle Zungen beschäftigte.

Warum Nettchen jenen Weg eingeschlagen, ob in der Verwirrung oder mit Vorsatz, ist nicht sicher zu berichten. Zwei Umstände mögen hier ein leises Licht gewähren. Einmal lagen sonderbarerweise die Pelzmütze und die Handschuhe Strapinskis, welche auf dem Fenstersimse hinter dem Sitze des Paares gelegen hatten, nun im Schlitten der Fortuna neben Nettchen; wann und wie sie diese Gegenstände ergriffen, hatte niemand beachtet, und sie selbst wusste es nicht; es war wie im Schlafwandel geschehen. Sie wusste jetzt noch nicht, dass Mütze und Handschuhe neben ihr lagen. Sodann sagte sie mehr als einmal laut vor sich hin: „Ich muss noch zwei Worte mit ihm sprechen, nur zwei Worte!"

Diese beiden Tatsachen scheinen zu beweisen, dass nicht ganz der Zufall die feurigen Pferde lenkte. Auch war es seltsam, als die Fortuna in die Waldstraße gelangte, in welche jetzt der helle Vollmond hineinschien, wie Nettchen den Lauf der Pferde mäßigte und die Zügel fester anzog, sodass dieselben beinah nur im Schritt einhertanzten, während die Lenkerin die traurigen, aber dennoch scharfen Augen gespannt auf den Weg heftete, ohne links und rechts den geringsten auffälligen Gegenstand außer Acht zu lassen.

Und doch war gleichzeitig ihre Seele wie in tiefer, schwerer, unglücklicher Vergessenheit befangen. Was sind Glück und Leben! Von was hangen sie ab? Was sind wir selbst, dass wir wegen einer lächerlichen Fastnachtslüge glücklich oder unglücklich werden? Was haben wir verschuldet, wenn wir durch eine fröhliche gläubige Zuneigung Schmach und Hoffnungslosigkeit einernten? Wer sendet uns solche einfältigen Truggestalten, die zerstörend in unser Schicksal eingreifen, während sie sich selbst daran auflösen wie schwache Seifenblasen?

Solche mehr geträumte als gedachte Fragen umfingen die Seele Nettchens, als ihre Augen sich plötzlich auf einen länglichen dunklen Gegenstand richteten, welcher zur Seite der Straße sich vom mondbeglänzten Schnee abhob. Es war der lang hingestreckte Wenzel, dessen dunkles Haar sich mit dem Schatten der Bäume vermischte, während sein schlanker Körper deutlich im Lichte lag.

Nettchen hielt unwillkürlich die Pferde an, womit eine tiefe Stille über den Wald kam. Sie starrte unverwandt nach dem dunklen Körper, bis derselbe sich ihrem hellsehenden Auge fast unverkennbar darstellte und sie leise die Zügel festband, ausstieg, die Pferde einen Augenblick beruhigend streichelte und sich hierauf der Erscheinung vorsichtig, lautlos näherte.

Ja, er war es. Der dunkelgrüne Samt seines Rockes nahm sich selbst auf dem nächtlichen Schnee schön und edel aus; der schlanke Leib und die geschmeidigen Glieder, wohl geschnürt und bekleidet, alles sagte noch in der Erstarrung, am Rande des Unterganges, im Verlorensein: Kleider machen Leute!

Als sich die einsame Schöne näher über ihn hinbeugte und ihn ganz sicher erkannte, sah sie auch sogleich die Gefahr, in der sein Leben schwebte, und fürchtete, er möchte bereits erfroren sein. Sie ergriff daher unbedenklich eine seiner Hände, die kalt und fühllos schien. Alles andere vergessend, rüttelte sie den Ärmsten und rief ihm seinen Taufnamen ins Ohr: „Wenzel! Wenzel!" Umsonst, er rührte sich nicht, sondern atmete nur schwach und traurig. Da fiel sie über ihn her, fuhr mit der Hand über sein Gesicht und gab ihm in der Beängstigung Nasenstüber auf die erbleichte Nasenspitze. Dann nahm sie, hiedurch auf einen guten Gedanken gebracht, Hände voll Schnee und rieb ihm die Nase und das Gesicht und auch die Finger tüchtig, so viel sie vermochte und bis sich der glücklich Unglückliche erholte, erwachte und langsam seine Gestalt in die Höhe richtete.

Er blickte um sich und sah die Retterin vor sich stehen. Sie hatte den Schleier zurückgeschlagen; Wenzel erkannte jeden Zug in ihrem weißen Gesicht, das ihn ansah mit großen Augen.

Er stürzte vor ihr nieder, küsste den Saum ihres Mantels und rief: „Verzeih mir! Verzeih mir!"

„Komm, fremder Mensch!", sagte sie mit unterdrückter zitternder Stimme, „ich werde mit dir sprechen und dich fortschaffen!"

Sie winkte ihm, in den Schlitten zu steigen, was er folgsam tat; sie gab ihm Mütze und Handschuh, ebenso unwillkürlich, wie sie dieselben mitgenommen hatte, ergriff Zügel und Peitsche und fuhr vorwärts.

Jenseits des Waldes, unfern der Straße, lag ein Bauernhof, auf welchem eine Bäuerin hauste, deren Mann unlängst gestorben. Nettchen war die Patin eines ihrer Kinder sowie der Vater Amtsrat ihr Zinsherr. Noch neulich war die Frau bei ihnen gewesen, um der Tochter Glück zu wünschen und allerlei Rat zu holen, konnte aber zu dieser Stunde noch nichts von dem Wandel der Dinge wissen.

Nach diesem Hofe fuhr Nettchen jetzt, von der Straße ablenkend und mit einem kräftigen Peitschenknallen vor dem Hause haltend. Es war noch Licht hinter den kleinen Fenstern; denn die Bäuerin war wach und machte sich zu schaffen, während Kinder und Gesinde längst schliefen. Sie öffnete das Fenster und guckte verwundert heraus. „Ich bin's nur; wir sind's!", rief Nettchen. „Wir haben uns verirrt wegen der neuen oberen Straße, die ich noch nie gefahren bin; macht uns einen Kaffee, Frau Gevatterin, und lasst uns einen Augenblick hineinkommen, ehe wir weiterfahren!"

Gar vergnügt eilte die Bäuerin her, da sie Nettchen sofort erkannte, und bezeigte sich entzückt und eingeschüchtert zugleich, auch das große Tier, den fremden Grafen, zu sehen. In ihren Augen waren Glück und Glanz dieser Welt in diesen zwei Personen über ihre Schwelle getreten; unbestimmte Hoffnungen, einen kleinen Teil daran, irgendeinen bescheidenen Nutzen für sich oder ihre Kinder zu gewinnen, belebten die gute Frau und gaben ihr alle Behändigkeit, die jungen Herrschaftsleute zu bedienen. Schnell hatte sie ein Knechtchen geweckt, die Pferde zu halten, und bald hatte sie auch einen heißen Kaffee bereitet, welchen sie jetzt hereinbrachte, wo Wenzel und Nettchen in der halbdunklen Stube einander gegenübersaßen, ein schwach flackerndes Lämpchen zwischen sich auf dem Tische.

Wenzel saß, den Kopf in die Hände gestützt, und wagte nicht aufzublicken. Nettchen lehnte auf ihrem Stuhle zurück und hielt die Augen fest verschlossen, aber ebenso den bittern, schönen Mund, woran man sah, dass sie keineswegs schlief.

Als die Gevattersfrau den Trank auf den Tisch gesetzt hatte, erhob sich Nettchen rasch und flüsterte ihr zu: „Lasst uns jetzt eine Viertelstunde allein, legt Euch aufs Bett, liebe Frau; wir haben uns ein bisschen gezankt und müssen uns heute noch aussprechen, da hier gute Gelegenheit ist."

„Ich verstehe schon, Ihr macht's gut so!", sagte die Frau und ließ die zwei bald allein.

„Trinken Sie dies", sagte Nettchen, die sich wieder gesetzt hatte, „es wird Ihnen gesund sein!" Sie selbst berührte nichts. Wenzel Strapinski, der leise zitterte, richtete sich auf, nahm eine Tasse und trank sie aus, mehr weil sie es gesagt hatte, als um sich zu erfrischen. Er blickte sie jetzt auch an, und als ihre Augen sich begegneten und Nettchen forschend die seinigen betrachtete, schüttelte sie das Haupt und sagte dann: „Wer sind Sie? Was wollen Sie mit mir?"

„Ich bin nicht ganz so, wie ich scheine!", erwiderte er traurig, „ich bin ein armer Narr, aber ich werde alles gutmachen und Ihnen Genugtuung geben und nicht lange mehr am Leben sein!" Solche Worte sagte er so überzeugt und ohne allen gemachten Ausdruck, dass Nettchens Augen unmerklich aufblitzten. Dennoch wiederholte sie: „Ich wünsche zu wissen, wer Sie eigentlich sind und woher Sie kommen und wohin Sie wollen?"

„Es ist alles so gekommen, wie ich Ihnen jetzt der Wahrheit gemäß erzählen will", antwortete er und sagte ihr, wer er sei und wie es ihm bei seinem Einzug in Goldach ergangen. Er beteuerte besonders, wie er mehrmals habe fliehen wollen, schließlich aber durch ihr Erscheinen selbst gehindert worden sei, wie in einem verhexten Traume.

Nettchen wurde mehrmals von einem Anflug von Lachen heimgesucht; doch überwog der Ernst ihrer Angelegenheit zu sehr, als dass es zum Ausbruch gekommen wäre. Sie fuhr vielmehr fort zu fragen: „Und wohin gedachten Sie mit mir zu gehen und was zu beginnen?“ – „Ich weiß es kaum“, erwiderte er; „ich hoffte auf weitere merkwürdige oder glückliche Dinge; auch gedachte ich zuweilen des Todes in der Art, dass ich mir denselben geben wolle, nachdem ich –“

Hier stockte Wenzel, und sein bleiches Gesicht wurde ganz rot. „Nun fahren Sie fort!“, sagte Nettchen, ihrerseits bleich werdend, indessen ihr Herz wunderlich klopfte.

Da flammten Wenzels Augen groß und süß auf, und er rief:

„Ja, jetzt ist es mir klar und deutlich vor Augen, wie es gekommen wäre! Ich wäre mit dir in die weite Welt gegangen, und nachdem ich einige kurze Zeit des Glückes mit dir gelebt, hätte ich dir den Betrug gestanden und mir gleichzeitig den Tod gegeben. Du wärest zu deinem Vater zurückgekehrt, wo du wohl aufgehoben gewesen wärest und mich leicht vergessen hättest. Niemand brauchte darum zu wissen; ich wäre spurlos verschollen. – Anstatt an der Sehnsucht nach einem würdigen Dasein, nach einem gütigen Herzen, nach Liebe lebenslang zu kranken“, fuhr er wehmütig fort, „wäre ich einen Augenblick lang groß und glücklich gewesen und hoch über allen, die weder glücklich noch unglücklich sind und doch nie sterben wollen! O hätten Sie mich liegen gelassen im kalten Schnee, ich wäre so ruhig eingeschlafen!“

Er war wieder still geworden und schaute düster sinnend vor sich hin.

Nach einer Weile sagte Nettchen, die ihn still betrachtet, nachdem das durch Wenzels Reden angefachte Schlagen ihres Herzens sich etwas gelegt hatte:

„Hatten Sie dergleichen oder ähnliche Streiche früher schon begangen und fremde Menschen angelogen, die Ihnen nichts zuleide getan?“

„Das habe ich mich in dieser bitteren Nacht schon selbst gefragt und mich nicht erinnert, dass ich je ein Lügner gewesen bin! Ein solches Abenteuer habe ich noch gar nie gemacht oder erfahren! Ja, in jenen Tagen, als der Hang in mir entstanden, etwas Ordentliches zu sein oder zu scheinen, in halber Kindheit noch, habe ich mich selbst überwunden und einem Glück entsagt, das mir beschieden schien!“

„Was ist dies?“, fragte Nettchen.

„Meine Mutter war, ehe sie sich verheiratet hatte, in Diensten einer benachbarten Gutsherrin und mit derselben auf Reisen und in großen Städten gewesen. Davon hatte sie eine feinere Art bekommen als die anderen Weiber unseres Dorfes und war wohl auch etwas eitel; denn sie kleidete sich und mich, ihr einziges Kind, immer etwas zierlicher und gesuchter, als es bei uns Sitte war. Der Vater, ein armer Schulmeister, starb aber früh, und so blieb uns bei größter Armut keine Aussicht auf glückliche Erlebnisse, von welchen die Mutter gerne zu träumen pflegte. Vielmehr musste sie sich harter Arbeit hingeben, um uns zu ernähren, und damit das Liebste, was sie hatte, etwas bessere Haltung und Kleidung, aufopfern. Unerwartet sagte nun jene nun verwitwete Gutsherrin, als ich etwa sechzehn Jahre alt war, sie gehe mit ihrem Haushalt in die Residenz für immer; die Mutter solle mich mitgeben, es sei schade für mich, in dem Dorfe ein Tagelöhner oder Bauernknecht zu werden, sie wolle mich etwas Feines lernen lassen, zu was ich Lust habe, während ich in ihrem Hause leben und diese und jene leichtere Dienstleistungen tun könne. Das schien nun das Herrlichste zu sein, was sich für uns ereignen mochte. Alles wurde demgemäß verabredet und zubereitet, als die Mutter nachdenklich und traurig wurde und mich eines Tages plötzlich mit vielen Tränen bat, sie nicht zu verlassen, sondern mit ihr arm zu bleiben; sie werde nicht alt werden, sagte sie, und ich würde gewiss noch zu etwas Gutem gelangen, auch wenn sie tot sei. Die Gutsherrin, der ich das betrübt hinterbrachte, kam her und machte meiner Mutter Vorstellungen; aber diese wurde jetzt ganz aufgeregt und rief einmal um das andere, sie lasse sich ihr Kind nicht rauben; wer es kenne –“

Hier stockte Wenzel Strapinski abermals und wusste sich nicht recht fortzuhelfen. Nettchen fragte: „Was sagte die Mutter, wer es kenne? Warum fahren Sie nicht fort?“

Wenzel errötete und antwortete: „Sie sagte etwas Seltsames, was ich nicht recht verstand und was ich jedenfalls seither nicht verspürt habe; sie meinte, wer das Kind kenne, könne nicht mehr von ihm lassen, und wollte wohl damit sagen, dass ich ein gutmütiger Junge gewesen sei oder etwas dergleichen. Kurz, sie war so aufgeregt, dass ich trotz alles Zuredens jener Dame entsagte und bei der Mutter blieb, wofür sie mich doppelt lieb hatte, tausendmal mich um Verzeihung bittend, dass sie mir vor dem Glücke sei. Als ich aber nun auch etwas verdienen lernen sollte, stellte es sich heraus, dass nicht viel anderes zu tun war, als dass ich zu unserm Dorfschneider in die Lehre ging. Ich wollte nicht, aber die Mutter weinte so sehr, dass ich mich ergab. Dies ist die Geschichte.“

Auf Nettchens Frage, warum er denn doch von der Mutter fort sei und wann, erwiderte Wenzel:

„Der Militärdienst rief mich weg. Ich wurde unter die Husaren gesteckt und war ein ganz hübscher roter Husar, obwohl vielleicht der dümmste im Regiment, jedenfalls der stillste. Nach einem Jahr konnte ich endlich für ein paar Wochen Urlaub erhalten und eilte nach Hause, meine gute Mutter zu sehen; aber sie war eben gestorben. Da bin ich denn, als meine Zeit vorbei war, einsam in die Welt gereist und endlich hier in mein Unglück geraten."

Nettchen lächelte, als er dieses vor sich hin klagte und sie ihn dabei aufmerksam betrachtete. Es war jetzt eine Zeit lang still in der Stube; auf einmal schien ihr ein Gedanke aufzutauchen.

„Da Sie", sagte sie plötzlich, aber dennoch mit zögerndem spitzigem Wesen, „stets so wertgeschätzt und liebenswürdig waren, so haben Sie ohne Zweifel auch jederzeit Ihre gehörigen Liebschaften oder dergleichen gehabt und wohl schon mehr als ein armes Frauenzimmer auf dem Gewissen – von mir nicht zu reden?"

„Ach Gott", erwiderte Wenzel, ganz rot werdend, „eh ich zu Ihnen kam, habe ich niemals auch nur die Fingerspitzen eines Mädchens berührt, ausgenommen –"

„Nun?", sagte Nettchen.

„Nun", fuhr er fort, „das war eben jene Frau, die mich mitnehmen und bilden lassen wollte, die hatte ein Kind, ein Mädchen von sieben oder acht Jahren, ein seltsames heftiges Kind und doch gut wie Zucker und schön wie ein Engel. Dem hatte ich vielfach den Diener und Beschützer machen müssen, und es hatte sich an mich gewöhnt. Ich musste es regelmäßig nach dem entfernten Pfarrhof bringen, wo es bei dem alten Pfarrer Unterricht genoss, und es von da wieder abholen. Auch sonst musste ich öfter mit ihm ins Freie, wenn sonst niemand gerade mitgehen konnte. Dieses Kind nun, als ich es zum letzten Mal im Abendschein über das Feld nach Hause führte, fing von der bevorstehenden Abreise zu reden an, erklärte mir, ich müsste dennoch mitgehen, und fragte, ob ich es tun wollte. Ich sagte, dass es nicht sein könne. Das Kind fuhr aber fort, gar beweglich und dringlich zu bitten, indem es mir am Arme hing und mich am Gehen hinderte, wie Kinder zu tun pflegen, sodass ich mich bedachtlos wohl etwas unwirsch frei machte. Da senkte das Mädchen sein Haupt und suchte beschämt und traurig die Tränen zu unterdrücken, die jetzt hervorbrachen, und es vermochte kaum das Schluchzen zu bemeistern. Betroffen wollte ich das Kind begütigen; allein nun wandte es sich zornig ab und entließ mich in Ungnaden. Seitdem ist mir das schöne Kind immer im Sinne geblieben, und mein Herz hat immer an ihm gehangen, obgleich ich nie wieder von ihm gehört habe –"

Plötzlich hielt der Sprecher, der in eine sanfte Erregung geraten war, wie erschreckt inne und starrte erbleichend seine Gefährtin an.

„Nun", sagte Nettchen ihrerseits mit seltsamem Tone, in gleicher Weise etwas blass geworden, „was sehen Sie mich so an?"

Wenzel aber streckte den Arm aus, zeigte mit dem Finger auf sie, wie wenn er einen Geist sähe, und rief:

„Dieses habe ich auch schon erblickt. Wenn jenes Kind zornig war, so hoben sich ganz so, wie jetzt bei Ihnen, die schönen Haare um Stirne und Schläfe ein wenig aufwärts, dass man sie sich bewegen sah, und so war es auch zuletzt auf dem Felde in jenem Abendglanze."

In der Tat hatten sich die zunächst den Schläfen und über der Stirne liegenden Locken Nettchens leise bewegt wie von einem ins Gesicht wehenden Lufthauche.

Die allezeit etwas kokette Mutter Natur hatte hier eines ihrer Geheimnisse angewendet, um den schwierigen Handel zu Ende zu führen.

Nach kurzem Schweigen, indem ihre Brust sich zu heben begann, stand Nettchen auf, ging um den Tisch herum dem Manne entgegen und fiel ihm um den Hals mit den Worten: „Ich will dich nicht verlassen! Du bist mein, und ich will mit dir gehen trotz aller Welt!"

So feierte sie erst jetzt ihre rechte Verlobung aus tief entschlossener Seele, indem sie in süßer Leidenschaft ein Schicksal auf sich nahm und Treue hielt.

Doch war sie keineswegs so blöde, dieses Schicksal nicht selbst ein wenig lenken zu wollen; vielmehr fasste sie rasch und keck neue Entschlüsse. Denn sie sagte zu dem guten Wenzel, der in dem abermaligen Glückeswechsel verloren träumte:

„Nun wollen wir gerade nach Seldwyla gehen und den Dortigen, die uns zu zerstören gedachten, zeigen, dass sie uns erst recht vereinigt und glücklich gemacht haben!"

Dem wackern Wenzel wollte das nicht einleuchten. Er wünschte vielmehr, in unbekannte Weiten zu ziehen und geheimnisvoll romantisch dort zu leben in stillem Glücke, wie er sagte.

Allein Nettchen rief: „Keine Romane mehr! Wie du bist, ein armer Wandersmann, will ich mich zu dir bekennen und in meiner Heimat allen diesen Stolzen und Spöttern zum Trotze dein Weib sein. Wir wollen nach Seldwyla gehen und dort durch Tätigkeit und Klugheit die Menschen, die uns verhöhnt haben, von uns abhängig machen!“

Und wie gesagt, so getan! Nachdem die Bäuerin herbeigerufen und von Wenzel, der anfing seine neue Stellung einzunehmen, beschenkt worden war, fuhren sie ihres Weges weiter. Wenzel führte jetzt die Zügel, Nettchen lehnte sich so zufrieden an ihn, als ob er eine Kirchensäule wäre. Denn des Menschen Wille ist sein Himmelreich, und Nettchen war just vor drei Tagen volljährig geworden und konnte dem ihrigen folgen.

In Seldwyla hielten sie vor dem Gasthause zum Regenbogen, wo noch eine Zahl jener Schlittenfahrer beim Glase saß. Als das Paar im Wirtshause erschien, lief wie ein Feuer die Rede herum: „Ha, da haben wir eine Entführung! Wir haben eine köstliche Geschichte eingeleitet!“

Doch ging Wenzel ohne Umsehen hindurch mit seiner Braut, und nachdem sie in ihren Gemächern verschwunden war, begab er sich in den Wilden Mann, ein anderes gutes Gasthaus, und schritt stolz durch die dort ebenfalls noch hausenden Seldwyler hindurch in ein Zimmer, das er begehrte, und überließ sie ihren erstaunten Beratungen, über welchen sie sich das grimmigste Kopfweh anzutrinken genötigt waren.

Auch in der Stadt Goldach lief um die gleiche Zeit schon das Wort „Entführung!“ herum. In aller Frühe schon fuhr auch der Teich Bethesda nach Seldwyla, von dem aufgeregten Böhni und Nettchens betroffenem Vater bestiegen. Fast wären sie in ihrer Eile ohne Anhalt durch Seldwyla gefahren, als sie noch rechtzeitig den Schlitten Fortuna wohlbehalten vor dem Gasthause stehen sahen und zu ihrem Troste vermuteten, dass wenigstens die schönen Pferde auch nicht weit sein würden. Sie ließen daher ausspannen, als sich die Vermutung bestätigte und sie die Ankunft und den Aufenthalt Nettchens vernahmen, und gingen gleichfalls in den Regenbogen hinein.

Es dauerte jedoch eine kleine Weile, bis Nettchen den Vater bitten ließ, sie auf ihrem Zimmer zu besuchen und dort allein mit ihr zu sprechen. Auch sagte man, sie habe bereits den besten Rechtsanwalt der Stadt rufen lassen, welcher im Laufe des Vormittags erscheinen werde. Der Amtsrat ging etwas schweren Herzens zu seiner Tochter hinauf, überlegend, auf welche Weise er das desperate Kind am besten aus der Verirrung zurückführe, und war auf ein verzweifeltes Gebaren gefasst.

Allein mit Ruhe und sanfter Festigkeit trat ihm Nettchen entgegen. Sie dankte ihrem Vater mit Rührung für alle ihr bewiesene Liebe und Güte und erklärte sodann in bestimmten Sätzen: erstens sie wolle nach dem Vorgefallenen nicht mehr in Goldach leben, wenigstens nicht die nächsten Jahre; zweitens wünsche sie ihr bedeutendes mütterliches Erbe an sich zu nehmen, welches der Vater ja schon lange für den Fall ihrer Verheiratung bereitgehalten; drittens wolle sie den Wenzel Strapinski heiraten, woran vor allem nichts zu ändern sei; viertens wolle sie mit ihm in Seldwyla wohnen und ihm da ein tüchtiges Geschäft gründen helfen; und fünftens und letztens werde alles gut werden; denn sie habe sich überzeugt, dass er ein guter Mensch sei und sie glücklich machen werde.

Der Amtsrat begann seine Arbeit mit der Erinnerung, dass Nettchen ja wisse, wie sehr er schon gewünscht habe, ihr Vermögen zur Begründung ihres wahren Glückes je eher je lieber in ihre Hände legen zu können. Dann aber schilderte er mit aller Bekümmernis, die ihn seit der ersten Kunde von der schrecklichen Katastrophe erfüllte, das Unmögliche des Verhältnisses, das sie festhalten wolle, und schließlich zeigte er das große Mittel, durch welches sich der schwere Konflikt allein würdig lösen lasse. Herr Melchior Böhni sei es, der bereit sei, durch augenblickliches Einstehen mit seiner Person den ganzen Handel niederzuschlagen und mit seinem unantastbaren Namen ihre Ehre vor der Welt zu schützen und aufrechtzuerhalten.

Aber das Wort Ehre brachte nun doch die Tochter in größere Aufregung. Sie rief, gerade die Ehre sei es, welche ihr gebiete, den Herrn Böhni nicht zu heiraten, weil sie ihn nicht leiden könne, dagegen dem armen Fremden getreu zu bleiben, welchem sie ihr Wort gegeben habe und den sie auch leiden könne!

Es gab nun ein fruchtloses Hin- und Widerreden, welches die standhafte Schöne endlich doch zum Tränenvergießen brachte.

Fast gleichzeitig drangen Wenzel und Böhni herein, welche auf der Treppe zusammengetroffen, und es drohte eine große Verwirrung zu entstehen, als auch der Rechtsanwalt erschien, ein dem Amtsrate wohlbekannter Mann, und vorderhand zur friedlichen Besonnenheit mahnte. Als er in wenigen vorläufigen Worten vernahm, worum es sich handle, ordnete er an, dass vor allem Wenzel sich in den Wilden Mann zurückziehe und sich dort stillhalte, dass auch Herr Böhni sich nicht einmische und fortgehe, dass Nettchen ihrerseits alle Formen des bürgerlichen guten Tones wahre bis zum Austrag der Sache und der Vater auf jede Ausübung von Zwang verzichte, da die Freiheit der Tochter gesetzlich unbezweifelt sei.

So gab es denn einen Waffenstillstand und eine allgemeine Trennung für einige Stunden.

In der Stadt, wo der Anwalt ein paar Worte verlauten ließ von einem großen Vermögen, welches vielleicht nach Seldwyla käme durch diese Geschichte, entstand nun ein großer Lärm. Die Stimmung der Seldwyler schlug plötzlich um zugunsten des Schneiders und seiner Verlobten, und sie beschlossen, die Liebenden zu schützen mit Gut und Blut und in ihrer Stadt Recht und Freiheit der Person zu wahren. Als daher das Gerücht ging, die Schöne von Goldach solle mit Gewalt zurückgeführt werden, rotteten sie sich zusammen, stellten bewaffnete Schutz- und Ehrenwachen vor den Regenbogen und vor den Wilden Mann und begingen überhaupt mit gewaltiger Lustbarkeit eines ihrer großen Abenteuer, als merkwürdige Fortsetzung des gestrigen.

Der erschreckte und gereizte Amtsrat schickte seinen Böhni nach Goldach um Hilfe. Der fuhr im Galopp hin, und am nächsten Tag fuhren eine Anzahl Männer mit einer ansehnlichen Polizeimacht von dort herüber, um dem Amtsrat beizustehen, und es gewann den Anschein, als ob Seldwyla ein neues Troja werden sollte. Die Parteien standen sich drohend gegenüber; der Stadttambour drehte bereits an seiner Spannschraube und tat einzelne Schläge mit dem rechten Schlägel. Da kamen höhere Amtspersonen, geistliche und weltliche Herren, auf den Platz, und die Unterhandlungen, welche allseitig gepflogen wurden, ergaben endlich, da Nettchen fest blieb und Wenzel sich nicht einschüchtern ließ, aufgemuntert durch die Seldwyler, dass das Aufgebot ihrer Ehe nach Sammlung aller nötigen Schriften förmlich stattfinden und dass gewärtigt werden solle, ob und welche gesetzliche Einsprachen während dieses Verfahrens dagegen erhoben würden und mit welchem Erfolge.

Solche Einsprachen konnten bei der Volljährigkeit Nettchens einzig noch erhoben werden wegen der zweifelhaften Person des falschen Grafen Wenzel Strapinski.

Allein der Rechtsanwalt, der seine und Nettchens Sache nun führte, ermittelte, dass den fremden jungen Mann weder in seiner Heimat noch auf seinen bisherigen Fahrten auch nur der Schatten eines bösen Leumunds getroffen habe und von überall her nur gute und wohlwollende Zeugnisse für ihn einliefen.

Was die Ereignisse in Goldach betraf, so wies der Advokat nach, dass Wenzel sich eigentlich gar nie selbst für einen Grafen ausgegeben, sondern dass ihm dieser Rang von andern gewaltsam verliehen worden; dass er schriftlich auf allen vorhandenen Belegstücken mit seinem wirklichen Namen Wenzel Strapinski ohne jede Zutat sich unterzeichnet hatte und somit kein anderes Vergehen vorlag, als dass er eine törichte Gastfreundschaft genossen hatte, die ihm nicht gewährt worden wäre, wenn er nicht in jenem Wagen angekommen wäre und jener Kutscher nicht jenen schlechten Spaß gemacht hätte.

So endigte denn der Krieg mit einer Hochzeit, an welcher die Seldwyler mit ihren sogenannten Katzenköpfen gewaltig schossen zum Verdrusse der Goldacher, welche den Geschützdonner ganz gut hören konnten, da der Westwind wehte. Der Amtsrat gab Nettchen ihr ganzes Gut heraus, und sie sagte, Wenzel müsse nun ein großer Marchand-Tailleur und Tuchherr werden in Seldwyla; denn da hieß der Tuchhändler noch Tuchherr, der Eisenhändler Eisenherr usw.

Das geschah denn auch, aber in ganz anderer Weise, als die Seldwyler geträumt hatten. Er war bescheiden, sparsam und fleißig in seinem Geschäfte, welchem er einen großen Umfang zu geben verstand. Er machte ihnen ihre veilchenfarbigen oder weiß und blau gewürfelten Sammetwesten, ihre Ballfräcke mit goldenen Knöpfen, ihre rot ausgeschlagenen Mäntel, und alles waren sie ihm schuldig, aber nie zu lange Zeit. Denn um neue, noch schönere Sachen zu erhalten, welche er kommen oder anfertigen ließ, mussten sie ihm das Frühere bezahlen, sodass sie untereinander klagten, er presse ihnen das Blut unter den Nägeln hervor.

Dabei wurde er rund und stattlich und sah beinah gar nicht mehr träumerisch aus; er wurde von Jahr zu Jahr geschäftserfahrener und gewandter und wusste in Verbindung mit seinem bald versöhnten Schwiegervater, dem Amtsrat, so gute Spekulationen zu machen, dass sich sein Vermögen verdoppelte und er nach zehn oder zwölf Jahren mit ebenso vielen Kindern, die inzwischen Nettchen, die Strapinska, geboren hatte, und mit letzter nach Goldach übersiedelte und daselbst ein angesehener Mann ward.

Strapinska die weibliche Namensform zu Strapinski

Aber in Seldwyla ließ er nicht einen Stüber zurück, sei es aus Undank oder aus Rache.

BIOGRAFIE

Gottfried Keller
1819–1890

Jahr	Ort	Ereignis	Alter
1819	Zürich	Am 19. Juli Geburt Kellers als Sohn des Drechslermeisters Hans Rudolf Keller (1791–1824) und der Arzttochter Elisabeth, geb. Scheuchzer (1787–1864), beide aus Glattfelden.	
1822	Zürich	1. Mai: Geburt der Schwester Regula.	3
1822–1825	Zürich	Verlust von vier Geschwistern: Regina Elisabeth (1818–22), Anna Katharina (1820–22), Anna Elisabeth (1823–24) und Johann Rudolf (1824–25); Tod des Vaters (1824).	3–6
1825–1831	Zürich	Besuch der Armenschule gemäß dem Wunsch des verstorbenen Vaters.	6–12
1826	Zürich	Im März Heirat der Mutter mit dem ersten Gesellen ihres Mannes, Hans Heinrich Wild, um die Drechslerei fortführen zu können.	7
1827	Zürich	Wild verlässt die Familie.	8
1831–1833	Zürich	Besuch des Landknabeninstituts für Nicht-Stadtbürger.	12–14
1832	Zürich	Niederschrift einiger Stücke für Puppenspiele.	13
1833–1834	Zürich	Besuch der nach dem liberalen Umsturz 1831 gegründeten Kantonalen Industrieschule.	14–15

Jahr	Ort	Ereignis	Alter
1834	Zürich Glattfelden	15. Februar: Scheidungsurteil zwischen der Mutter und Wild. 9. Juli: Schulausschluss als Anführer eines Schülerprotests gegen einen Lehrer. Sommer: Aufenthalt beim Onkel und Vormund Johann Heinrich Scheuchzer. K. will Landschaftsmaler werden, findet aber keinen guten Lehrmeister.	15
1834–1836	Zürich	Lehre im Atelier beim Manufakturisten Peter Steiger. K. stellt Kommerzbildchen her.	15–17
1837	Zürich	Juni: Bekanntschaft mit dem Landschaftsmaler Rudolf Meyer (1803–1857), „Römer" genannt.	18
1837–1838	Zürich	Bezahlter Unterricht bei Meyer im Aquarellieren.	18–19
1838	Richterswil	14. Mai: Tod der Jugendgeliebten Henriette Keller (1818–1838). K. würdigt sie durch ein Aquarell und das Gedicht *Das Grab am Zürichsee*.	19
1839	Glattfelden – Zürich	6.–9. September: K. eilt von Glattfelden nach Zürich, um den konservativen Putsch zu bekämpfen.	20
1840–1842	München	Versuch, in der deutschen Kunststadt als Landschaftsmaler zu reüssieren, scheitert an mangelndem Geld und Talent.	21–23
1843	Zürich	Ab Juli: Die Lektüre der Gedichte G. Herweghs und A. Grüns bewegt K., mehr Gedichte zu schreiben.	24
1843–1844	Zürich	K. wird durch J. Fröbel und A. A. L. Follen als Dichter ermuntert und gefördert.	24–25
1844 und 1845	Zürich – Luzern	Teilnahme an den beiden Freischarenzügen gegen die konservative Regierung Luzerns.	25–26
1845–1846	Zürich	A. A. L. Follen publiziert in zwei Jahrgängen des *Deutschen Taschenbuches* Gedichte von K. Winter 45/46: unerklärte Liebe zu F. Freiligraths Schwägerin Marie Melos (1820–1888).	26–27
1846	Heidelberg Graubünden	C. Winter veröffentlicht den Band *Gedichte*. Sommer: Reise nach Graubünden.	27
1847	Zürich	Unerwiderte Liebe zu Luise Rieter (1828–1879).	28
1847–1848	Zürich	Arbeit in der Staatskanzlei des Kantons Zürich bei Staatsschreiber Alfred Escher.	28–29

Jahr	Ort	Ereignis	Alter
1848	Zürich	26. September: Der Kanton Zürich gewährt K. ein Stipendium für ein Bildungsjahr in Heidelberg zur Förderung seiner poetischen und dramatischen Pläne.	29
1848–1850	Heidelberg	Freundschaft mit J. Henle, H. Hettner und L. Feuerbach. Feuerbachs Religionsphilosphie prägt das weitere Schaffen K.'s.	29–31
1849	Heidelberg Zürich	Unerwiderte Liebe zu Feuerbachs Geliebter Johanna Kapp (1824–1883). 13. Oktober: erneutes Stipendium des Kantons Zürich.	30
1850–1855	Berlin	Literarisch fruchtbarste Zeit: Niederschrift des *Grünen Heinrich* (1854/55), der *Leute von Seldwyla*, 1. Bd. (1856), des *Apothekers von Chamounix*, 1. Fs., (1883), Pläne zum 2. Bd. der *Leute von Seldwyla*, zum *Sinngedicht*, zu den *Sieben Legenden*, zu einer *Züricher Novelle* und zum nie geschriebenen Drama *Therese*.	31–36
1851	Braunschweig Berlin	E. Vieweg veröffentlicht *Neuere Gedichte*. K. besucht Salon F. Lewalds, ist nicht angetan.	32
1851–1852	Zürich	K. erhält weitere Jahresstipendien aus Zürich.	32–33
1854	Zürich	K. lehnt eine Dozentur am neugegründeten eidg. Polytechnikum (ETH) ab.	35
1854–1855	Braunschweig Berlin	E. Vieweg veröffentlicht den *Grünen Heinrich* in 4 Bänden. Heftige, unerwiderte Liebe zu Betty Tendering (1831–1902).	35–36
1855–1861	Zürich	K. ist als freier Schriftsteller von Mutter und Schwester abhängig und wohnt bei ihnen. Er schreibt Festlieder und arbeitet an der Fortsetzung der *Leute von Seldwyla*, den *Sieben Legenden* und dem Projekt zum *Sinngedicht*.	36–42
1856	Braunschweig	E. Vieweg veröffentlicht *Die Leute von Seldwyla*.	37
1860	Leipzig	*Berthold Auerbach's Deutscher Volks-Kalender für das Jahr 1861* veröffentlicht *Das Fähnlein der sieben Aufrechten*.	41
1860–1861	Zürich	K. tritt in Opposition zum „System" A. Eschers und betätigt sich als politischer Journalist.	41–42
1861	Zürich	14. September: Wahl zum Staatsschreiber der von K. kritisierten Kantonsregierung. Umzug mit Mutter und Schwester ins Haus der Staatskanzlei.	42

Jahr	Ort	Ereignis	Alter
1863–1865	Zürich	Unterstützung des polnischen Aufstands 1863/64 als Sekretär des „Schweizerischen Central-Comités für Polen".	44–46
1864	Zürich	5. Februar: Tod der Mutter. K. lebt weiter mit Schwester.	45
Ab 1865	Zürich	Wiederaufnahme des literarischen Schreibens, darunter Arbeit an ***Kleider machen Leute***.	46
1866	Zürich Herzogen-buchsee	Mai: Verlobung mit der 23-jährigen Konzert-pianistin Luise Scheidegger. 12. Juli: Freitod der Verlobten.	47
1866–1868	Zürich	K. arbeitet als Zweiter Sekretär des Verfassungsrates an einer Verfassungsrevision, die er ablehnt.	47–49
1869	Zürich	19. Juli: Ehrendoktor zur Feier des 50. Geburtstags.	50
1872	Stuttgart München	Veröffentlichung der *Sieben Legenden* bei Göschen. Erster Verkaufserfolg K.'s Herbst: erster Amtsurlaub seit 1861.	53
1873	Zürich – Braunschweig Zürich	März: K. fasst Existenz als freier Schriftsteller ins Auge und bricht wegen Honorarfragen mit Vieweg. April: Die 22-jährige Kellnerin Lina Weissert (1851–1910) lehnt K.'s brieflichen Heiratsantrag ab.	54
1873–1874	Stuttgart	Vierbändige zweite, vermehrte Ausgabe der *Leute von Seldwyla* bei Göschen mit den neuen Erzählungen in den Bänden 3 und 4.	54–55
1875	Enge Zürich	Frühling: Umzug mit der Schwester auf das Bürgli in der Gemeinde Enge. 15. Juli: Rücktritt als Staatsschreiber nach 14 Jahren.	56
1876–1877	Leipzig	Veröffentlichung der *Züricher Novellen* in der *Deutschen Rundschau* J. Rodenbergs.	57–58
1877	Husum – Enge	Beginn der Brieffreundschaft mit Th. Storm.	58
1878	Stuttgart	Veröffentlichung der *Züricher Novellen* in Buchform bei Göschen, zusammen mit dem *Fähnlein der sieben Aufrechten* und *Ursula*.	59
1878–1880	Enge	Völlige Umarbeitung des *Grünen Heinrich*.	59–61
1879–1880	Stuttgart	Veröffentlichung des neuen *Grünen Heinrich* in vier Bänden bei Göschen.	60–61

Jahr	Ort	Ereignis	Alter
1881	Leipzig	Januar bis Mai: Veröffentlichung des *Sinngedichts* in der *Deutschen Rundschau*.	62
1882	Berlin Hottingen	*Das Sinngedicht* als Buchausgabe bei Hertz. Umzug mit Schwester ins „Thaleck" in der Gemeinde Hottingen.	63
1883	Berlin	*Gesammelte Gedichte*, selbst betreute Gesamtausgabe der Gedichte bei Hertz.	64
1883–1886	Hottingen	Arbeit am Roman *Martin Salander*.	64–67
1884	Zürich	Beginn der Freundschaft mit dem Maler Arnold Böcklin.	65
1886	Leipzig – Berlin	*Martin Salander* in der *Deutschen Rundschau*. Buchausgabe bei Hertz im Dezember.	67
1888	Hottingen	6. Oktober: Tod der Schwester Regula.	69
1889	Seelisberg Berlin Baden	19. Juli: K. entzieht sich im Hotel „Sonnenberg" der schweizweiten Feier zu seinem 70. Geburtstag. *Gesammelte Werke* in 10 Bänden bei Hertz, von K. mitbetreut. Herbst: Badekur.	70
1890	Hottingen	Januar bis Juli: K. ist bettlägerig. 15. Juli: K. stirbt vier Tage vor seinem 71. Geburtstag.	71

WORT- UND SACHERKLÄRUNGEN

3 **Falliment** *(ital.)* Öffentlich erklärte Zahlungsunfähigkeit. Seit dem 16. Jhdt. neben dem gleichbedeutenden Bankrott auch im Deutschen gebraucht.

Fechten Das Betteln der Handwerksburschen; bettelnd wandern. Die neueren Deutungsversuche der Redensart verzichten ganz auf den früher angenommenen Zusammenhang mit dem Waffengebrauch, verweisen jedoch auf den oberdeutschen Berchtentag, wo Arme das uralte Recht auf Bewirtung hatten. Daher stammt „berchten gehn, bechten gehn", was dann zu „fechten" wurde.

Radmantel Deutsche Bezeichnung für einen damals modernen Mantel, der seit 1858 nach dem englischen General Havelock genannt wurde: ein der ganzen Länge nach zugeknöpfter, ärmelloser Mantel, der mit einem langen herabfallenden, die Arme ganz bedeckenden runden Schulterkragen versehen war.

Habitus *(lat.)* Das Sich-haben oder das Gehabe; gewohnheitsmäßiges Verhalten und Auftreten, wozu auch die Kleidung oder Tracht gehören.

polnische Pelzmütze Gerade aufsteigende schirmlose Pelzmütze mit flachem Deckel, breiter als hoch.

Märtyrer *(griech.)* Ursprünglich der Blutzeuge; im allgemeinen Sinne jeder, der für seine Überzeugung Schmerzen oder Unbequemlichkeiten erduldet.

4 **lamentieren** *(lat.)* Wehklagen; jammern. Seit dem 16. Jhdt. in der Kirchensprache. Vgl. das Lamento.

Pastete Das lat. Wort pasta (Teig) weist auf die Beschaffenheit der Speise hin: in einen Teigmantel gehülltes Fleisch- oder Fischgericht. Schon mittelhochdeutsch pastêde, bestêde, bastêt.

5 **Dessert** *(franz.)* (Hier: mask.). Der Nachtisch; das, was nach der abgetragenen Hauptmahlzeit gereicht wird. Franz. desservir = die Speisen abtragen.

Zuckerbeck Der Konditor. Die (mundartliche) Kurzform entstand im 17. Jhdt. Sonst immer Zuckerbäcker, übrigens auch bei Keller im Vorwort zu den *Leuten von Seldwyla*, II. Teil.

6 **melancholisch** *(griech.-lat.)* Wörtlich: schwarzgallig, voll schwarzer Galle. In übertragener Bedeutung: schwermütig, trübsinnig. Schon von Luther gebraucht.

umgehen Hier so viel wie spuken. Ältester Beleg von 1618: es geht omb.

Kompliment *(ital., franz.)* Verbeugung; Höflichkeitsbezeigung; Empfehlung. Im 30-jähr. Krieg eingedrungen.

7 **Bordeaux** Französische Stadt an der Gironde, Mittelpunkt eines ausgedehnten Weinbaugebietes. Markenbezeichnung für die dort wachsenden Weine.

Goldwaage Bis ins 19. Jhdt. wurden Goldstücke zur Prüfung ihrer Vollgewichtigkeit „auf die Goldwaage gelegt". Vgl. die ergötzliche Schilderung dieses Verfahrens in Immermanns Roman *Münchhausen*.

Türmchen Anspielung auf die turm- oder säulenartige Form der Pastete.

8 **Kapitelsherren** *(lat.)* Angehörige eines geistlichen (auch weltlichen) Ordenskapitels, in deren Versammlungen die in „Kapitel" eingeteilten Statuten verlesen wurden oder die Grundlage der Verhandlungen bildeten.

Eulenspiegelei Ein ausgelassen lustiger Streich (auf Kosten eines anderen) nach dem bekannten Schalksnarren Till Eulenspiegel im 16. Jhdt., dem zahlreiche Streiche dieser Art zugeschrieben wurden.

aufs Kerbholz Im Mittelalter benutzten Bauern, Händler, Müller, Gastwirte u. dgl. paarweise zusammengelegte Stäbchen, in die zum Zählen und Abrechnen der Verbindlichkeiten gleichlaufende Kerben eingeschnitten wurden. Schon im 14. Jhdt. belegt.

9 **Tokaier** Schwerer, feuriger Süßwein aus Ungarn, nach dem Herkunftsort benannt.

Champagner Moussierender (schäumender) Weißwein aus der Champagne, einer Landschaft im Norden Frankreichs.

Bocksbeutel Bauchig-runde, etwas breit gedrückte Flasche für die Frankenweine, dann auch der Wein selbst.

Champagnerkelch Zum Trinken des Champagners dienten von alters her besonders hohe, schlanke Gläser.

Cie Abkürzung für die (französische) Geschäftsbezeichnung Compagnie = Gesellschaft, Gesellschafter. Heute ist Co. gebräuchlicher.

Stockzähne Süddeutsche Form für die Backenzähne. Stock ist u. a. der aus der Erde ragende Baumstumpf. Vgl. „über Stock und Stein".

10 **Kuba** Die bedeutendste Insel der Großen Antillen (Westindien). Das Tabakanbaugebiet um Havanna liefert einen wichtigen Teil der Ausfuhr.

Smyrna Heute Izmir; türkische Stadt in Anatolien, erster Ausfuhrhafen des Landes, besonders für Tabak.

Kompagnon *(lat.-franz.)* Geschäftsfreund, Teilhaber, Genosse. Nach dem lat. panis = Brot, eigentlich Mitglied einer Brotgenossenschaft. Vgl. Kamerad: Kammer, Zimmergenosse.

Virginien Die älteste englische Kolonie in Nordamerika, von Walter Raleigh zu Ehren der Königin Elisabeth so genannt. Der Tabakanbau wurde schon im 17. Jhdt. in Großpflanzungen betrieben (durch die Versklavung von Schwarzen).

keltern *(mittelhochdeutsch)* Ursprünglich das Treten, später das Pressen des Weines. Nach der Kelter, dem dazu benutzten Gerät.

roter Sauser Die heftig ausströmende Kohlensäure des noch in stürmischer Gärung befindlichen jungen Weines bewirkt ein leise sausendes Geräusch im Fass wie im Glase.

Eisenschimmel Schimmel von der glänzend grauen Farbe einer frischen Bruchstelle des Gusseisens.

11 **anprallen** Schulgerecht vorfahren, sodass die Räder des Wagens genau am Kant- oder Prellstein zum Halten kommen.

Karaffe Offene Tafelflasche mit weitem Bauch, in der Getränke gereicht werden. Ursprünglich persisches Wort; über die romanischen Sprachen ins Deutsche gelangt.

Putsch Eigentlich ein Stoß; Angelegenheit von öffentlichem Interesse, die die Gemüter in Aufruhr versetzt und bis zur bewaffneten Erhebung führen kann. Bei Keller häufig. Herkunft unsicher.

12 **Praga** Vorstadt von Warschau. Im letzten polnischen Freiheitskampf 1794 von dem russischen Marschall Suworow erstürmt. Der Polenführer Kosciuszko fiel in Gefangenschaft; durch die folgende dritte Teilung Polens 1795 verschwand es als selbständiger Staat.

Ostrolenka Durch den Wiener Kongress 1815 war den Russen der größte Teil Polens zugefallen. Der russische Feldmarschall Diebitsch, der einen im Jahre 1830 ausgebrochenen Aufstand unterdrücken sollte, konnte in den blutigen Schlachten von Grochow und Ostrolenka 1831 keine Entscheidung erzwingen; erst sein Nachfolger Paskewitsch erstürmte noch im gleichen Jahre Warschau.

Gelüste büßen Die ursprüngliche Bedeutung von büßen = ein Übel beheben oder wegschaffen. Ablautbildung zu bass = besser! Vgl. die Lücken büßen.

Brabantertaler Auch Kreuztaler, Albertustaler. Von dem Gouverneur der spanischen Niederlande Herzog Albert von 1612 an geprägte Silbertaler. Durch die Handelsbeziehungen der Holländer wurde der Albertustaler eine verbreitete Handelsmünze und deshalb im 18. Jhdt. auch von anderen Staaten nachgeprägt.

Louisdor Französisches Goldstück. Wert gegen 20 Mark. Zuerst 1640 unter Ludwig XIII. geprägt und mit dessen Bildnis versehen. Louis d'or = Ludwig von Gold; goldener Ludwig.

den Teufel fährt der ... Gemeint ist hier: Der hat nie in einem vierspännigen Wagen gesessen oder gar einen solchen besessen.

artig Eigentlich von guter Art. Zum Ganzen passend und gefällig; ganz hübsch; ansehnlich.

13 **Nettchen** Die französische Verkleinerungssilbe zu dem Frauennamen Antonie (Antoinette) wird ihrerseits noch in die deutsche Koseform gesetzt.

stutzerhaft Geckenhaft; sehr modern, mit übertriebener Betonung des Äußeren.

14 **das Nationale** Hier, wie im frühen 19. Jhdt. immer, das an das Volkstum Gebundene, das aus dem Volke Stammende. Vielleicht ist hier ein Seitenhieb auf die Romantiker beabsichtigt; vgl. die ähnliche Szene im *Taugenichts* (Hamburger Leseheft Nr. 5).

15 **ein Expresser** *(franz.)* Ein eigener (besonderer) Bote, der nur diesen einen Auftrag zu erledigen hat. Die uns geläufige Vorstellung von Schnelligkeit hat sich aus dieser Besonderheit erst sekundär entwickelt.

BIOGRAFIE

WORT- UND SACHERKLÄRUNGEN

MATERIALIEN

16 **Kämbel** Auch Kembel. Die mittelhochdeutsche Form für Kamel, die auf das griechische, auf der ersten Silbe betonte Wort zurückgeht. Die neuhochdeutsche Bezeichnung ist vom lat. camélus abgeleitet.

„Ein Haus zum Kämbel existierte in Zürich noch zu Kellers Zeiten, eine Kämbelgasse wird im ‚Landvogt von Greifensee' erwähnt, und die Zunft zum Kämbel besteht noch heute in der Stadt Zürich." (Anm. aus der Krit. Ges.-Ausgabe.)

Philanthropie *(griech.)* Die Menschenfreundlichkeit. Seit etwa 1700 gebraucht.

17 **Weibergut** Das bei der Eheschließung eingebrachte Vermögen der Frau; die Mitgift.

moralisches Utopien In Anlehnung an die *Utopia* des Thomas Morus (1516), das „Nirgendheim", wo sich das von ihm geschilderte ideale Staatswesen befindet: ein Wunsch- oder Traumland.

20 **Wechsel** Verkürzt aus Wechselbrief nach dem ital. lettera di cambio, den man vorlegen und gegen bares Geld eintauschen kann.

famos *(lat.)* Berühmt; berüchtigt. Nach fama = Leumund, Gerücht. Seit dem 16. Jhdt. in der Studentensprache.

21 **einen Pianisten** Gleichzeitig mit der Entwicklung des modernen Konzertwesens entsteht seit dem Ende des 18. Jhdt. der Typ des reisenden Virtuosen, der als Leitbild unerfüllter Sehnsüchte und das Ziel „romantischer" Schwärmerei bald vollwertig neben den Schauspieler trat. Als die blendendste Erscheinung dieser Zeit – von Heine in den *Reisebildern* in all ihrem dämonischen Glanz eindrucksvoll geschildert – sei hier der Geiger Niccolo Paganini († 1840) genannt. Tatsächlich stand in Kellers Handschrift an dieser Stelle ursprünglich: Violinspieler; er hat dann erst in der Druckvorlage den Pianisten eingeführt, vielleicht im Hinblick auf den nicht minder berühmten F. Chopin († 1849), der zudem polnischer Abstammung war.

einen Räuberhauptmann Die Gestalt des edlen Räubers ist bei uns durch Chr. Aug. Vulpius in die Literatur eingeführt worden: sein Roman *Rinaldo Rinaldini, der Räuberhauptmann* (1798) fand im In- und Ausland eine ungeheure Verbreitung, ebenso der später erschienene Roman von Ignaz Arnold *Der berühmte Räuberhauptmann Schinderhannes*. Schließlich gehört in diesen Zusammenhang auch *Das Wirtshaus im Spessart* von Wilhelm Hauff (Hamburger Leseheft Nr. 102), das – wenn auch auf sehr noble Weise – dem Publikumsgeschmack Rechnung tragen musste. Sein Werk ist ebenso bis auf unsere Tage gekommen wie des erwähnten Vulpius' Räuberlied durch seine Aufnahme in die studentischen Kommersbücher. So mag es auch Keller kennengelernt haben. („Rinaldini, lieber Räuber, raubst den Weibern Herz und Ruh; ach, wie schrecklich in dem Kampfe, wie verliebt im Schloss bist du!")

Polackei Neubildung des 19. Jhdts., mit geringschätzigem Nebensinn, vielleicht in Anlehnung an die Walachei gebildet. Zuerst bei Heinrich Heine in seinem boshaften Polengedicht.

… eine Gräfin geworden ist Das Manuskript fuhr hier fort: „Wissen Sie was, Herr Graf, wenn Sie zu Hause oder wo Sie hinwollen, etwa nicht allzu viel zu beißen haben sollten, so kommen Sie alsdann hierher, wir wollen Ihnen zu einem Auskommen zu verhelfen suchen, dann heißt es aber Herr und Frau Strapinski und damit Punktum!" Bei der Drucklegung gestrichen.

vorhabend Veraltetes Adjektiv: bezeichnet das, was man zu tun vorhat oder beabsichtigt. Vgl. die gleichlautende Wendung in Goethes *„Werther"* (Hamburger Leseheft Nr. 115).

zeitliches Vermögen Hier: das derzeitige, augenblickliche Vermögen. Sonst bedeutet zeitlich: der Endlichkeit angehörend, im Gegensatz zu ewig.

22 **verbrämt** Abgeleitet aus dem mittelhochdeutschen Brame, Bräme = Rand; also ursprünglich mit einem Rande versehen; dann verziert.

Fortuna *(lat.)* Das Glück; dann seine Personifizierung: die Glücksgöttin.

Galion Das spanische galeon (verwandt mit Galeere, ein großes Kriegsschiff) gelangt als galjoen ins Niederländische. Durch Bedeutungsverengung bezeichnet es dann nur noch den Vorbau am Steven und den dort angebrachten figürlichen Schmuck. So verwendet es Keller. Heute immer: Galionsfigur.

Jakobsbrunnen Der Brunnen auf dem Felde zu Haran, wo der Erzvater Jakob seine spätere Frau Rahel, die Tochter Labans, zum ersten Male sah. Nach 1. Mose, 29.

Teich Bethesda Nach dem Ev. Joh. 5, 2. Der von fünf Hallen umgebene Teich von Bezetha, der nördlichen Vorstadt Jerusalems. Seinem Wasser wurde zu gewissen Zeiten Heilkraft zugeschrieben. Die Brunnenanlage ist durch Ausgrabungen in neuester Zeit bestätigt worden. Die Anspielung im Text bezieht sich auf den von Jesus geheilten Kranken, der 38 (nicht 30) Jahre lang am Brunnen auf Genesung gewartet hatte.

23 **Schuh** Längenmaß von 10 oder 12 Zoll, nach der gleichnamigen Fußbekleidung so benannt. Schon im 13. Jhdt. belegt. Entspricht dem Fuß (als Längenmaß), schwankt zwischen 25 und 34 cm. Der badische Fuß zu 10 Zoll = 30 cm wurde auch in der Schweiz gebraucht.

historisch-ethnografisch *(lat., griech.)* Geschichtlich-völkerkundlich.

Gravität *(lat.)* Feierlicher Anstand, feierlich-ernstes Wesen. Im 16. Jhdt. gebildet aus gravitas (Schwere).

24 **Reihen** *(mittelhochdeutsch)* Tanzkette, tanzartiger Aufzug. Im Gegensatz zum modernen Einzelpaartanz war der alte Reihen(tanz) gemeinschaftsgebunden; letzte Nachklänge davon noch in der Polonaise, an die man hier auch denken muss, und im Volkstanz.

drapieren *(lat.-franz.)* Mit Gewändern bekleiden. Franz. drap = Tuch.

Carbonarimantel *(ital.)* Männermantel ohne Ärmel, bis zu den Knöcheln reichend; Kleidung der Carbonari = Kohlenbrenner, die im 19. Jhdt. zur Tracht einer weit verbreiteten politisch-revolutionären Gesellschaft Italiens wurde. (Vgl. die Sansculottes der Franz. Revolution.)

25 **Raphael** Raffaello Santi (1483–1520), berühmter italienischer Maler aus Urbino. Sein bekanntes Selbstbildnis (um 1506) in den Uffizien zu Florenz mag wegen seines „engelhaften" Gesichtsausdrucks die Vorstellung des Dichters geleitet haben.

26 **infam** *(lat.)* Anrüchig, verrufen, schändlich, ehrlos. Im 16. Jhdt. aus dem Adjektiv infamis gebildet.

30 **Zinsherr** Der Grundherr, Grundbesitzer, an den im Mittelalter die Zinsleute als Hintersassen einen Kopfzins zu entrichten hatten. Nach dem Erstarken der Rechtsstellung des Bauerntums und dem Übergang der Bauerngüter in Untereigentum oder freien Besitz wurde der Zins zu einer bloßen Reallast. Nur der Name erinnert noch an das alte Verhältnis.

33 **Vorstellungen** Hier im Sinne von Vorhaltungen, Vorwürfe verwendet.

36 **desperat** *(lat.)* Verzweifelt. Partizipalbildung aus desperare = ohne Hoffnung sein. Im 16. Jhdt. bei Fischart.

38 **Leumund** *(alt-, mittelhochdeutsch)* Die laute, öffentliche Meinung über jemand; insbes. der gute Ruf.

Advokat *(lat.)* Rechtsanwalt. Ursprünglich advocatus = der (zur Rechtshilfe) Herbeigerufene. Schon im 15. Jhdt. aufgekommen.

39 **Katzenkopf** Kleine Böller mit Fußplatte ohne Räder, zum Freuden- und Salutschießen benutzt.

Marchand-Tailleur *(franz.)* Ein Schneider, der gleichzeitig mit Stoffen und Anzügen handelt.

Spekulation *(lat.)* Ursprünglicher Sinn: Ausspähung, Betrachtung. Noch das mittelhochdeutsche speculâcie bedeutet „tiefes, forschendes Nachsinnen" über geistige, bes. metaphysische Gegenstände. Die Abwertung des Begriffes durch Anwenden auf das kaufmännische Profitdenken ist eine Errungenschaft der Aufklärungszeit.

Stüber Eine rhein.-westfälische, dem holländischen Stuiver nachgeahmte Scheidemünze, die zeitweise in großen Mengen hergestellt wurde. 1 Stuiver (holl.) = 2 Stüber (rhein.-westfäl.) = 10 Pfennige.

MATERIALIEN

Zeit- und literaturgeschichtlicher Hintergrund

Gottfried Kellers Novelle *Kleider machen Leute* (1873) gilt als Werk des deutschen Realismus. Die Zeit ist in der Schweiz – und in ganz Europa – geprägt von grundlegenden wirtschaftlichen, gesellschaftlichen und politischen Umbrüchen. Keller, der ein sehr politischer Mensch war, engagiert sich im Freiheitskampf Polens, und diese historischen Bezüge haben auch in der Novelle Spuren hinterlassen.

Ein Kind seiner Zeit (Michael Andermatt, 2018)

Gottfried Kellers Leben und Werk sind in vielerlei Hinsicht vom Denken und Handeln seiner Zeit geprägt. Mit anderen Autoren des 19. Jahrhunderts teilt Keller die Erfahrung, in einer Übergangszeit zu leben, die gleichermaßen von der jüngsten Vergangenheit geprägt wie getrennt ist. Der allgemeine Wandel in Gesellschaft und Politik, Wirtschaft und Industrie sowie Wissenschaft und Technik stellte traditionelle Werte vielfach infrage, ohne dass sich dabei eine verbindliche Perspektive auf Gegenwart und Zukunft etablieren konnte. Rückbesinnung auf Ideale einerseits und zweckorientierter Pragmatismus andererseits hielten sich dabei die Wa[a]ge […].

Keller ist auf spezifische Weise mit der Geschichte des schweizerischen Liberalismus und der Gründung des schweizerischen Bundesstaates im Jahre 1848 verbunden, was sich signifikant in seinem Werk niederschlägt. Die europäischen Staaten waren nach der geschichtlichen Zäsur der Französischen Revolution von bürgerlichen Emanzipationsbewegungen geprägt, die im Laufe des 19. Jahrhunderts über politische, juristische und militärische Auseinandersetzungen zur Herausbildung von Nationalstaaten führten. Der schweizerische Bundesstaat wurde 1848 vergleichsweise früh gegründet, war doch in den anderen europäischen Ländern der Prozess der Nationenbildung über die Rückschläge von Restauration und gescheiterten Revolutionen mehrfach gebremst. Während nach einer

Phase der Euphorie in Deutschland 1848/49 die bürgerliche Revolution scheiterte und im Nachmärz resignative Nüchternheit einkehrte, siegte in der Schweiz nach einem kurzen Bürgerkrieg das liberale Bürgertum. [...]

Gottfried Keller war nicht nur Schriftsteller, sondern auch Politiker. Sein literarisches Werk nimmt vielfach Bezug auf zeitgenössische politische Themen. Zudem war Keller als politischer Publizist tätig, phasenweise sogar intensiv [...]. Seine Berufstätigkeit als „Erster Staatsschreiber" des Kantons Zürich führte ihn ins Zentrum von Politik und Macht. Keller war in Zürich während fünf Jahren gewählter Parlamentarier sowie 1868 Mitglied im Verfassungsrat. [...]

Michael Andermatt: *Politik*. In: U. Amrein (Hg.): Gottfried Keller-Handbuch. Stuttgart: J. B. Metzler, 2018. S. 281–282.

Polens Leidensgeschichte (Günter Wollstein, 2010)

So fasste der zeitgenössische deutsche Historiker Karl von Rotteck (1775–1840) die Stimmung im liberalen Lager Europas drastisch zusammen, indem er von einer „Leidensgeschichte Polens" sprach, dem „traurigsten Schauspiel in der neuen Geschichte", „der entsetzlichsten Verletzung des heiligen Menschen- und Völkerrechts". Angesprochen war hiermit, dass im 18. Jahrhundert die drei „Ostmächte" Russland, Österreich und Preußen im Zuge einer drastischen Unrechtspolitik den polnischen Staat in Teile zerlegt, ihn seitdem als Pfand für eine gemeinsame Politik okkupiert und genutzt hatten. Schon zwischen 1789 und 1815 hatten polnisches Exil und polnische Legionen vergeblich die Uhr zurückzudrehen gesucht; der Wiener Kongress brachte eine neuerliche Teilung, die dem Zarenreich 82 Prozent des ursprünglichen Territoriums zusprach.

Als Kompensation für die Polen gab es eine durchaus ernst gemeinte, aber auch unklar formulierte völkerrechtliche Garantie der polnischen Nationalität, und im „Königreich Polen", das mit Russland in Realunion verbunden war, deuteten zunächst auch eine liberale Verfassung und ein eigenes Heer auf eine friedlich-autonome Entwicklung hin. Doch die lange Ruhepause, die für eine friedliche und respektvolle Einbindung der ihres Staates beraubten Polen in Europa notwendig gewesen wäre, blieb zunächst aus, sie sollte schließlich nie eintreten. Zunächst inszenierten Polen den Novemberaufstand 1830/31, den beeindruckendsten und weitaus heftigsten Freiheitskampf im Gefolge der Julirevolution, den das Zarenreich mit Einverständnis der anderen Teilungsmächte, Österreich und Preußen, schließlich niederschlagen und mit drastischer Härte bestrafen sollte; der Ausnahmezustand wurde bis 1856 aufrechterhalten.

Gottfried Keller wollte erst Landschaftsmaler werden: hier einige seiner Skizzen. Als er damit scheiterte, wandte er sich der Schriftstellerei zu, wie er rückblickend darlegte: „Allerlei erlebte Noth und die Sorge, welche ich der Mutter bereitete, ohne dass ein gutes Ziel in Aussicht stand, beschäftigten meine Gedanken und mein Gewissen, bis sich die Grübelei in den Vorsatz verwandelte, einen traurigen kleinen Roman zu schreiben über den tragischen Abbruch einer jungen Künstlerlaufbahn, an welcher Mutter und Sohn zu Grunde gingen. […]" (*Autobiographisches*, 1876/77)

Das lange Durchhalten der kämpfenden Polen, die sich nun schon seit Jahrzehnten als machtpolitisch schwaches, moralisch aber starkes Gegenlager volksfeindlicher Dynastien stilisierten, führte dazu, dass das liberale und demokratische Europa die ins Exil fliehenden polnischen „Helden" in einem Triumphzug sondergleichen empfing. […]

Günter Wollstein: *Europa unter Modernisierungsdruck*. In: Bundeszentrale für politische Bildung, 21.1.2010. https://www.bpb.de/izpb/9870/europa-unter-modernisierungsdruck?p=all (abgerufen am 21.6.2020)

Novellenzyklus *Die Leute von Seldwyla*

Kleider machen Leute erscheint im zweiten Teil von Kellers Novellenzyklus *Die Leute von Seldwyla*. Neben Märchen und der Betrugsgeschichte um Julius Schramm gibt es eine Vielzahl anderer Quellen, die Keller zu seiner Novelle inspiriert haben könnte.

Entwicklung der *Leute von Seldwyla* (Walter Morgenthaler, 2000)

Die Anregungen zu den *Seldwyla*-Erzählungen reichen bis in Kellers Kindheit zurück und lassen sich ab 1847 auch anhand von Quellentexten nachweisen; hinzu kamen ab 1851 in Berlin verschiedene Konzepte und Pläne für Erzählsammlungen. Aus diesem Material entstand im Sommer 1855 die erste Auflage der *Leute von Seldwyla*. Sie erschien Anfang 1856 im Verlag Vieweg in Braunschweig in einem Band. [...] Obwohl Keller schon 1855 eine Fortsetzung ins Auge gefasst und sie Ende 1856 auch vertraglich vereinbart hatte, dauerte es fast zwanzig Jahre, bis die zweite, um fünf Erzählungen vermehrte Auflage in vier Bänden bei Ferdinand Weibert (Göschen-Verlag) in Stuttgart erscheinen konnte. Ein Teil der neuen Erzählungen war schon in den Jahren vor Antritt des Staatsdienstes, also vor dem Sommer 1861, entstanden, wurde aber später noch überarbeitet [...]. Mitte November 1873 lagen die ersten drei Bände vor: [...] Band 3 mit drei neuen Erzählungen: *Kleider machen Leute*, *Der Schmied seines Glückes* und *Die mißbrauchten Liebesbriefe*. Im November 1874 konnte dann auch der vierte Band [...] erscheinen. Die Fortsetzung der *Leute von Seldwyla* ist damit das einzige umfangreichere Werk Kellers, das zu großen Teilen während seiner Staatsschreibertätigkeit entstand. [...]

Walter Morgenthaler (Hg.): *Gottfried Keller. Sämtliche Werke. Historisch-Kritische Ausgabe. Bd. 21. Apparat zu Bd. 4 und 5. Die Leute von Seldwyla.* Basel: Stroemfeld Verlag, 2000. S. 9–10.

Der Hochstapler Julius Schramm (Rolf Selbmann, 2004)

Strapinskis angebliche polnische Staatsangehörigkeit sowie zahlreiche Anspielungen auf diese vermeintliche Herkunft, all das bezeugt den bedeutsamen Hintergrund, den die Geschichte Polens für *Kleider machen Leute* bildet. Die polnischen Teilungen (1772, 1793 und 1795) und erst recht das seit 1815 mit Russland durch Personalunion verbundene soge-

KLEIDER MACHEN LEUTE ALS TEIL DES NOVELLENZYKLUS – MOTIVVERKNÜPFUNGEN

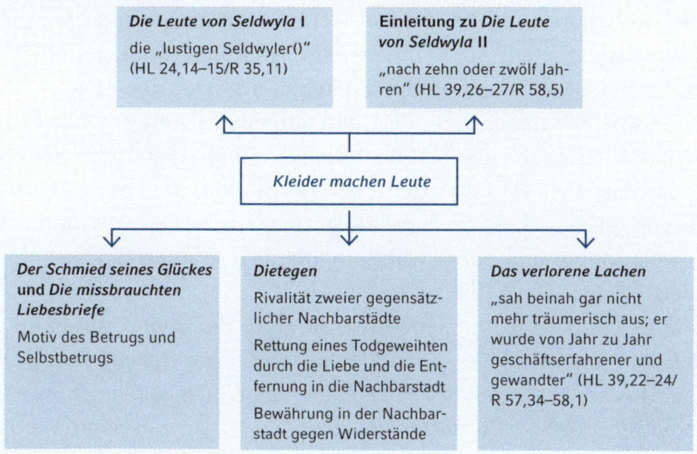

nannte Kongresspolen hatten das Land offensichtlich zum Spielball europäischer Territorialpolitik gemacht. Die sich daraus entwickelnde polnische Nationalbewegung und die sich vor allem in Paris konzentrierende Emigrantenkultur – man denke etwa an den Dichter Adam Mickiewicz oder an Frederic Chopin – konnten auf die Sympathie des gesamteuropäischen Bildungsbürgertums zählen, ohne allerdings die politische Unterstützung der europäischen Regierungen zu erhalten. Das zeigen die erfolglosen polnischen Aufstände (1794, 1830/31, 1846, 1848), die von Russland mit Duldung der anderen Großmächte jedesmal blutig niedergeschlagen wurden. Im Januar 1863 – während Kellers Planung eines zweiten *Seldwyla*-Teils – erhoben sich die Polen erneut. [...]

Im März 1863 wird in Zürich ein „Provisorisches Komitee zur Unterstützung der Polen" gegründet, an dem auch Gottfried Keller, seit 1861 Staatsschreiber und damit der höchstbezahlte Beamte Zürichs, als Sekretär beteiligt ist [...]. Die meisten Aufrufe dieses Komitees sind von Gottfried Keller verfasst [...]. Neben die Unterstützung der Aufständischen mit Waffen und Geld tritt schon bald die Frage der Unterbringung der Flüchtlinge und Emigranten in den Mittelpunkt. Im Zusammenhang solcher Organisations- und Hilfsmaßnahmen wandern beträchtliche Geldspenden durch die Hände des Komitees. Es wundert deshalb nicht, dass zwielichtige Gestalten den Zugang zu solchen Vereinigungen sich erschleichen.

Margarete Rothbarth berichtet von einem gewissen Julius Schramm, der als Sekretär des Komiteepräsidenten Voegeli auftaucht [...].

Als vier Monate später die Verdachtsmomente gegen Schramm sich bewahrheitet hatten, wurde in einem neuen Rundschreiben Kellers Sprache noch schärfer, und er bezeichnete ihn als einen „herabgekommenen Handelsmann", sprach von „der Unbefugtheit des Subjekts, sich in unsere Sachen zu drängen" und nannte ihn unverblümt einen russischen Spion. Die Zürcher Polizei hatte inzwischen festgestellt, dass er russische Ausweispapiere besaß, Spitzelberichte an den russischen Gesandten in der Schweiz sandte und daher wohl die ihm anvertrauten Gelder entgegengesetzten Zwecken zuführte. [...]

Für Keller mag die Angelegenheit, die er als Betroffener aus unmittelbarer Erfahrung miterleben konnte, politisch erledigt gewesen sein. Andererseits schreibt er Anfang 1864 [...] an Plater: „Ich habe Lust, eine kleine Studie über diesen Charakter von Spionen [!] zu schreiben, die Mittel, die er angewendet hat, um sich einzuführen, die Eigenschaften, die alle Individuen dieser Art gemeinsam haben und auf die man sein Augenmerk richten muss, wenn es darum geht, einen Unbekannten mit wichtigen Aufgaben zu betrauen, und schließlich ein ‚fabula docet' zu erreichen, indem ich diesem Schurken ein kleines Denkmal errichte" [...]

Rolf Selbmann: *Gottfried Keller. Kleider machen Leute*. Stuttgart: Philipp Reclam jun., 2004. S. 45–49.

Aspekte der Interpretation

In *Kleider machen Leute* spielt die klare Symmetrie von Analogie und Gegensatz der Personencharakterisierung eine große Rolle. Dafür lohnt sich ein genauer Blick auf die komplexen Hauptpersonen Wenzel Strapinski und Nettchen.

Kellers „Hans-im-Glück-Modell" (Klaus Jeziorkowski, 1984)

Das Identifikationsangebot liegt bei *Kleider machen Leute* in dem, was man ein märchenhaftes Hans-im-Glück-Modell nennen könnte. Dem Sonntagskind mit dem einfältigen Herzen müssen alle Dinge zum Besten ausschlagen, auch wenn sie den anderen und zeitweise ihm selbst wie Niederlagen und Katstrophen erscheinen mögen. Macht die Gesellschaft einem solchen Hans oder Wenzel scheinbar verlockende Angebote, dann hat sie nur ihren eigenen Vorteil, ihr eigenes Vergnügen, ihre eigenen Wertmaßstäbe im Sinn. Wie der Handel für den gutmütig Geprellten ausgehen mag, kümmert sie nicht; höchstens lacht sich diese Gesellschaft ins Fäustchen bei den Niederlagen des Dümmlings, die ihm aber letztlich zu einem Glück werden, für das die Gesellschaft keine Kategorien und Maßstäbe hat. Auf ihr unbegreifliche Weise verhilft also die Gesellschaft diesem Sonntagskind zu einem Glück, das von ihr gar nicht intendiert war.

Das Hans-im-Glück-Modell hat also im Grimm'schen Märchen und in der Keller'schen Erzählung darin seine Voraussetzung, dass die Wert- und Glücksnormen der Gesellschaft und die des Sonntagskind-Helden voneinander grundverschieden sind, wenn auch in der Keller'schen Erzählung zum Schluss eine Art Annäherung der Wertsphären zustandekommt, eine Art Einschwenken der Bürger ins Hans-im-Glück-Modell, eine Art Verbrüderlichung des Wenzel im Glück.

[...] Dieser Wenzel, der unbeschwert von Habseligkeiten, Besitz und Reichtümern als „Tramp" und romantisch unbürgerliche Erscheinung in die Geschichte hineinwandert, hat nichts gemein mit der etablierten Gesellschaft, in die er hineingerät. Er lässt sich von ihr aushalten, und nach einer befristeten Niederlage überlistet er die Gesellschaft mit den ihr eigenen Mitteln auf eine Weise, dass den zuerst triumphierenden Bürgern Hören und Sehen vergeht. Dieser Held ist heute, je nach Perspektive, rezipierbar als der Prototyp des Aufsteigers, des Absteigers und des Aussteigers, als einer, der sein Glück gegen die Gesellschaft macht bzw. mit ihr, aber anders als von ihr arrangiert und gewollt. Jedenfalls ist er der Mobile zwischen den fixierten gesellschaftlichen Schichten und ihren fixierten Normen, er ist hier der Nichtgebundene, der Bewegliche, der Pendler. [...]

Klaus Jeziorkowski: *Gottfried Keller. Kleider machen Leute*. Text, Materialien, Kommentar. München u. Wien: Hanser, 1984: S. 132–134.

Nettchen stellt das bürgerliche Frauenbild infrage (Yomb May, 2007)

Der Dissens zwischen Nettchen und ihrem Vater ist symptomatisch für die Krise der bürgerlichen Gesellschaft. Denn mit ihrem Verlangen, nur einen „Italiener oder einen Polen, einen großen Pianisten oder einen Räuberhauptmann mit schönen Locken heiraten zu wollen" [HL S. 21, Z. 10–11], bricht Nettchen aus dem einengenden bürgerlichen Denken aus, das der Vater symbolisiert. [...]

BIOGRAFIE

WORT- UND SACHERKLÄRUNGEN

MATERIALIEN

Denkmal des Bildhauers Otto Charles Baenninger zu Ehren des Schweizer Schriftstellers Gottfried Keller am Mythenquai in Zürich. Seine Kindheit in Zürich verarbeitete Keller in seinem Roman *Der grüne Heinrich*, der ihn als Schriftsteller bekannt machte.

Kleider machen Leute ist die literarische Umsetzung dessen, was Keller in der Einleitung zum zweiten Band als große Veränderung beschreibt. Damit wird ein weiterer Punkt angedeutet, der eine nähere Betrachtung verdient. Dass Keller beispielsweise den von Nettchen eingeschlagenen Weg als einen unumkehrbaren Prozess einer Loslösung von der bürgerlichen Gesellschaftsordnung darstellt, zeigt sich auch darin, dass selbst der herbeigerufene Rechtsanwalt keine offene Kritik an Nettchen formuliert. [...] Die gesetzlich garantierte Freiheit Nettchens [vgl. HL, S. 37, Z. 40] ist Signatur eines neuen Frauenbildes, welches das bürgerliche Frauenbild [...] in besonderer Weise infrage stellt. Während jene Figuren in einer relativ klaren Rollenverteilung leben, wobei ihre Verantwortung eher in der Familie und im Haushalt liegt, verkörpern Nettchen, Gritli und vor allem Regel Amrain den Typus kompetenter Frauen, die sich durch „männliche" Eigenschaften auszeichnen, wobei Momente wie Emanzipation, Selbst[st]ändigkeit, wirtschaftlicher Erfolg und ein wachsendes Interesse an den gesellschaftlich-politischen Veränderungen in verschiedenen Variationen zum Vorschein kommen. [...]

Yomb May: *„Die Leute von Seldwyla" als Paradigma des bürgerlichen Realismus*. In: Hans-Joachim Lang; Uwe Seja (Hg.): Gottfried Keller, Die Leute von Seldwyla. Kritische Studien – Critical Essays. Oxford u. a.: Peter Lang, 2007. S. 84–86.

Wenzel Strapinski und die Frauen (Caroline von Loewenich, 2000)

Es scheint, dass es in Wenzel Strapinskis Leben nur Frauen sind, die seinen Wert erkennen und schätzen: seine Mutter, die Gutsherrin, die ihn zu sich nehmen will, deren Töchterchen und schließlich Nettchen. Die beiden Letztgenannten verbindet eine Äußerlichkeit, die, scheinbar nebenbei, auf die schicksalhafte Bestimmung deutet, die Wenzel und Nettchen zueinander führt. Ihre widerspenstige Stirnlocke hat Nettchen gemeinsam mit jenem Kind, das einst mit so treuer Liebe an Wenzel hing: „In der Tat hatten sich die zunächst den Schläfen und über der Stirne liegenden Locken Nettchens leise bewegt wie von einem ins Gesicht wehenden Lufthauche. Die allzeit etwas kokette Mutter Natur hatte hier eines ihrer Geheimnisse angewendet, um den schwierigen Handel zu Ende zu führen." [HL, S. 35, Z. 16–21]

Unter Nettchens Einfluss vollzieht Wenzel dann den Wandel vom „Glücksritter" und vom „Trumpfbuben" zum „guten Bürger" [Kaiser], aber darüber hinaus, und das ist wesentlich, findet er durch Nettchen zu seiner Identität. Noch als erwachsener Mann ist er immer hin- und hergerissen, nirgends zugehörig, ein Heimatloser, auf der ständigen Wanderschaft von einem Ort zum anderen. In einer Gesellschaft, die von Regeln geprägt ist, die Männer geltend machen, ist es dann allein eine Frau, die Wenzel Leben und Lebensglück schenken kann. Erst Nettchen legt ihn fest auf das, was er ist und was er hat, und fordert damit von ihm die Annahme seines realen Selbst und schenkt ihm eine Identität. Dass Nettchen auch im erzieherischen Sinn fungiert, entspricht Kellers Weiblichkeitsverständnis. Liebende Frauen sind für ihn mütterliche Frauen, und der Mutter kommt die Erziehung zu, der sich der Sohn, und dann der Ehemann, beugen muss. [...]

Caroline von Loewenich: *Gottfried Keller: Frauenbild und Frauengestalten im erzählerischen Werk*. Würzburg: Königshausen & Neumann, 2000. S. 109–110.

Rezeption

Kellers Novelle erfährt erst nach seinem Tod größere Beachtung. Sehr früh schon wurde die Novelle als Schullektüre eingesetzt und ins Englische und Französische übersetzt. Natürlich wurde der Text wiederholt für das Theater und den Film bearbeitet.

Zemlinskys Oper *Kleider machen Leute* (Manfred Rückert, 2013)

Kleider machen Leute hat das Zeug zu einer der besten komischen Opern des zwanzigsten Jahrhunderts: Zemlinsky findet einen ebenso volkstümlichen wie auch witzigen Ton und lässt doch in seiner Partitur Kenntnisse der musikalischen Neuerungen seiner Zeit erkennen. […] Ein entscheidendes Manko wird im Libretto von Leo Feld ausgemacht, das gegenüber der Vorlage von Gottfried Keller die Personen der Handlung „vergröbert" und der „trocken-beißende Spott Kellers" zugunsten eines „betulichen" Textes gemildert ist. Dabei muss man sich allerdings der Tatsache bewusst werden, dass Keller keine Opernvorlage geschrieben hat, dass sein Original zwar filmisch umzusetzen, nicht jedoch theatertauglich ist. Dafür gibt es innerhalb der Handlung zu viele Ortswechsel und am Ende der Novelle sieht man den Helden der Geschichte gar als reiches Oberhaupt einer großen Familie. So gesehen ist Felds Bühneneinrichtung durchaus als gelungen anzusehen. Genau das hat (allerdings nach der Prager Premiere am 20. April 1922 am Deutschen Landestheater) Max Brod erkannt; der fand den Text bühnenwirksam, weil er die dramatische Spannung zu erhalten in der Lage ist. Außerdem lobte er die „hübschen Verseinfälle" und wirksamen Aktschlüsse. Nur die Unterschlagung des bei Keller als Freiheitskämpfer agierenden Strapinski, dem die Goldacher Bürger ihren Respekt zollen, kritisierte Brod. […]

Manfred Rückert: *Alexander von Zemlinsky (1871–1942): Kleider machen Leute*. In: Tamino-Opernführer, 11. 3. 2013. https://www.tamino-klassikforum.at/index.php?thread/15672-zemlinsky-alexander-von-kleider-machen-leute (abgerufen am 6. 7. 2020)

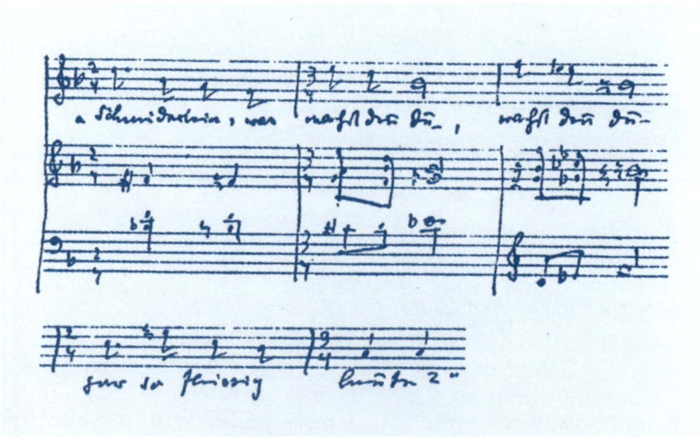

Das Libretto zu Zemlinskys *Musikalischer Komödie* schrieb Leo Feld. Die Abbildung zeigt das musikalische Albumblatt *Schneiderlein, was machst denn du gar so fleißig heute*.

Kleider machen Leute – und zwar in einem Sekundenbruchteil (US-Studie, 2019)

Wie siehst du denn aus? Wie wir uns anziehen, hat einen großen Anteil daran, wie wir von Mitbürgern wahrgenommen werden. Das Gehirn macht sich innerhalb von Zehntelsekunden ein Bild.

Princeton (dpa) – Menschen beurteilen ihre Mitbürger innerhalb eines Bruchteils einer Sekunde aufgrund ihrer Kleidung. So werde Menschen, die aufgrund ihrer Klamotten reicher wirken, tendenziell mehr zugetraut, schreiben US-Psychologen im Fachblatt *Nature Human Behaviour*.

Sie hatten in Experimenten untersucht, wie Probanden ein und dieselbe Person abhängig von ihrer Oberbekleidung einschätzen. „Statt Respekt für ihre Anstrengungen zu bekommen, sind arme Menschen mit anhaltender Geringschätzung und Respektlosigkeit durch den Rest der Gesellschaft konfrontiert", sagt einer der Studienautoren, Eldar Shafir von der Universität Princeton, laut einer Uni-Mitteilung. Die Untersuchung von ihm und seinem Team zeige, dass diese Geringschätzung ihre Anfänge im ersten Sekundenbruchteil einer Begegnung haben kann.

Dass sich Menschen vom äußeren Erscheinungsbild beeinflussen lassen, ist bekannt. Der Schweizer Dichter Gottfried Keller widmete dem Thema seine 187[3] erschienene Novelle *Kleider machen Leute*. Shafir und Kollegen wollten nun wissen, wie genau Kleidung den ersten Eindruck prägt.

Für ihr Experiment erstellten die Forscher spezielle, manipulierte Porträtbilder. Darauf war[en] ein Gesicht eines Menschen und der obere Teil des bekleideten Oberkörpers zu sehen. Das Gesicht und den Oberkörper konnten die Forscher dabei frei kombinieren. Die Forscher montierten ein und dasselbe Gesicht sowohl auf Bekleidung, die von einer Jury zuvor als „reicher" bewertet wurde, als auch auf „ärmer" wirkende Bekleidung.

Diese manipulierten Porträtbilder zeigten die Forscher dann Probanden. Sie sollten die Frage beantworten: „Für wie fähig halten Sie diese Person?" [...]

In mehr als 80 Prozent der Fälle wurde ein und dasselbe Gesicht als fähiger eingestuft, wenn es auf einen Oberkörper mit „reicher" wirkender Kleidung montiert war. Der Effekt stellte sich sogar ein, wenn den Probanden das Bild für nur 129 Millisekunden gezeigt wurde. Das reicht den Forschern zufolge gerade einmal, um zu realisieren, dass man ein Gesicht gesehen hat. Selbst als die Studienteilnehmer explizit aufgefordert wurden, nicht auf die Kleidung zu achten, hielten sie mehrheitlich Gesichter mit reicher wirkender Kleidung für fähiger.

Das Filmplakat für *Kleider machen Leute* (1940) mit den Hauptdarstellern Heinz Rühmann und Hertha Feiler nach Gottfried Kellers Novellenmotiven: Der Film verfährt sehr frei mit Kellers Vorlage. Bereits 1921 gab es einen Stummfilm von Hans Steinhoff. 1963 erschien dann ein gleichnamiger Fernsehfilm von Paul Verhoeven mit Hanns Lothar in der Hauptrolle.

„Die von uns beobachteten deutlichen und beständigen Effekte stimmen mit theoretischen Arbeiten und empirischen Beobachtungen überein", schrieben die Forscher. „Es zeigt sich eine starke Tendenz, dass Menschen mit niedrigerem ökonomischen Status als weniger fähig empfunden werden", schreiben die Forscher. Das führe häufig zu sozialer Ausgrenzung mit Nachteilen für die körperliche und psychische Gesundheit.

Kleider machen Leute – und zwar in einem Sekundenbruchteil. In: RNZ, 22. 12. 2019. https://www.rnz.de/wissen/computer-web_artikel,-us-studie-kleider-machen-leute-und-zwar-in-einem-sekundenbruchteil-_arid,487990.html (abgerufen am 21. 6. 2020)